Pitsinen keppihevonen

&

Kepparikisat

Omistettu keppihevosharrastajille

Eija Paatero

Pitsinen keppihevonen

&

Kepparikisat

© 2017, Eija Paatero

www.eijankertomukset.webbis.fi

Kannen editointi: Vesa Paatero

Kustantaja: BoD – Books on Demand GmbH,
Helsinki, Suomi
Valmistaja: BoD – Books on Demand GmbH,
Norderstedt, Saksa

ISBN: 9789523390317

Alkusanat

Tämä tarina kertoo Tinjasta ja keppihevosista. Tarinan sisällä on toinenkin tarina, fantasiatarina. Se on kirjoitettu tällaisilla kirjaisimilla. Onko fantasiatarina Tinjan mielikuvitusta vai saattavatko jotkin hänen keppihevosistaan hänet toiseen maailmaan, sen saat itse päättää.

Voit myös hypätä fantasiatarinan yli ja lukea vain tavalliseen maailmaan liittyvät osuudet tai voit lukea molemmat osuudet erikseen. Numero osuuksien lopussa kertoo, millä sivulla kumpikin tarina jatkuu.

Keppihevosten parissa puuhailu on monipuolinen ja hauska harrastus. Toivottavasti viihdyt tämän kirjan parissa.

Eija Paatero

Sisältö

Pitsinen keppihevonen

Kepparikisat

Pitsinen keppihevonen

1. Matkalla

Tinja kohotti katseensa lukemastaan jännittävästä hevoskirjasta ja vilkaisi ulos bussin ikkunasta juuri sopivasti nähdäkseen laitumella ruohoa syövät hevoset. Kaksi ruskeaa ja yksi valkoinen hevonen nauttivat kesäpäivästään laitumella.

Millaista olisikaan asua maalla ja omistaa oma hevonen, hoitaa sitä ja käydä ratsastamassa vaikka joka päivä eikä aina vain odottaa yhtä viikottaista ratsastustuntia!

Keppihevosten kanssa sai sentään edes kuvitella omistavansa hevosia. Niillä sai ratsastaa milloin tahansa, ne sai itse nimetä ja ne sai tehdä ihan sellaisiksi kuin itse halusi, luonteenkin sai itse keksiä. Niillä voi leikisti harjoitella kaikkea sitä, mitä oikeillakin tunneilla tehtiin tai koettaa jotain hurjempaakin, kuten lännenratsastusta.

Tinja oli ensin puuhannut yksin keppareidensa kanssa, mutta sitten hänen naapurustoonsa oli muuttanut Nelli, jolla oli useita keppareita. He ratsastivat keppihevosilla usein Tinjan kodin vieressä olevalla leikkipaikalla. Kenttää kierrettiin käynnissä, ravissa ja laukassa. Tehtiin voltteja, pohkeenväistöä ja erilaisia käännöksiä. Usein he ratsastivat yhtä aikaa. Joskus toinen toimi kouluttajana tai ratsastuksenopettajana ja toinen oppilaana. Toisinaan tytöt rakensivat esteitä. Tolpat saatiin tyhjistä katuliitupurkeista tai kävelypurkeista. Äidin ja pikkusisko Emilian haravat ja harjat toimivat puomeina. Tinjaa harmitti vain se, että esteet olivat aika matalia. Joskus tytöt kävivät myös maastoratsastuksella läheisessä metsikössä.

Nellin kanssa Tinja myös hoiti keppareita. Äiti oli onneksi pienen suostuttelun jälkeen antanut luvan ostaa muutaman oikean hevosenharjan ja niillä he harjasivat hoidokkejaan. Joskus niitä piti myös huoltaa: ommella irronut silmä tai ratkennut sauma tai kiinnittää keppi uudelleen päähän. He olivat tehneet tekonahasta ja avaimenperärenkaista suitsia ja erivärisistä langoista riimunnaruja.

Ensimmäisen kepparinsa Tinja oli saanut jo 4-vuotiaana. Se oli kaupasta ostettu Peppi Pitkätossun Heppa keppariversiona. Silloin hän oli tykännyt siitä kovasti, mutta kun hän oli saanut uuden kepparin, se oli jäänyt syrjään. Vähän aikaa sitten Tinja oli keksinyt ottaa siltä sen vihreät suitset pois ja nyt se näytti uudelta ja oikeastaan kivemmalta. Se ei enää tuonut mieleen Pepin Heppaa ja niinpä Tinja oli nimennyt sen uudelleen Täpläksi. Sillä pystyi nyt käyttämään mitä tahansa sopivia suitsia. Täplä oli veikeä pikkuponi, vähän ilkikurinen, mutta aika tottelevainen, ja sitä saattoi käyttää opetushevosena, kun pihan pikkutytöt halusivat ratsastusopetusta.

Toinen kaupasta ostettu hevonen oli nimeltään Bruno. Se oli ruskea ori, jolla oli musta harja. Se oli aika villi ja temppuili joskus hurjastikin ja olipa Tinja joskus leikillään pudonnutkin sen selästä.

Rakkain keppareista oli itse sukasta tehty Walensia. Se oli ruuna, joka helposti totteli Tinjan pienimpiäkin apuja. Se kuunteli Tinjaa lempeästi eikä koskaan ryöstänyt tai syöksyillyt. Sekin oli hyvä opetushevosena.

Kohta olen perillä, Tinja ajatteli, kun hän näki -kankaalle johtavan tienviitan. Kirja reppuun. Hymyä huulille, vaikka mieltä painoikin se, ettei äiti ollut antanut ottaa yhtään kepparia mukaan. Mummon mökillä on niin paljon puuhaa, ei siellä keppareita tarvitse, äiti oli sanonut. Mutta äiti, et ymmärtänyt, että kepparini olisi tullut kanssani seikkailemaan ja kesää kokemaan.

Tylsää, kun ei äiti tajunnut. Mutta mummo on kiva, enkä näytä harmistustani hänelle, Tinja päätti linja-auton pysähtyessä kirkonkylälle. Siellä mummo jo seisoi autonsa vierellä odottamassa.

"Tervetuloa, Tinja", mummo sanoi. "Sujuiko matka hyvin?"

"Joo. Luin vähän ja katselin maisemia. Näin matkan varrella hevosiakin", Tinja vastasi.

"Käytkö sinä ihan ratsastustunneillakin, kun hevoset kiinnostavat?" mummo kysyi.

"Joo. Viime talven kävin jo ihan säännöllisesti. Se on tosi kivaa."

"Tule autoon. Mennään mökille, ehditään vielä uimaan ja syömään kunnon iltapalan. Sitten voisi olla jo nukkumaanmenon aika", mummo sanoi ja Tinja astui mummon vihreään autoon.

2. Aamulla

Oli kiva olla taas mummon mökillä Keski-Suomessa parin kesän tauon jälkeen, Tinja ajatteli uittaessaan seuraavana aamuna varpaitaan laiturilta. Hevoskirja jäi avaamattomana laiturille, kun Tinja alkoi muistella.

Pari kesää oli vietetty isän mökillä Saimaan rannalla, siis aika kaukana mummon mökiltä. Siellä ei oltu edes piipahdettu. Nyt Tinja pääsi muutamaksi päiväksi mummon mökille, koska eihän alakoululaisen ollut hyvä viettää päiviään täysin yksin. Äidin piti lähteä yhdelle ainaisista työmatkoistaan ja isäkin olisi päivät töissä. Emilia olisi päiväkodissa pitkät päivät ja äiti kävisi viikonloppuna hakemassa Tinjan kotiin.

Kolme vuotta sitten Tinja oli juuri oppinut uimaan. Sinä kesänä paras hellejakso ajoittui juuri tuohon viikkoon mummon mökillä, jonka he silloin viettivät siellä koko perheenä. Pikkusisko Emilia on silloin vasta 2-vuotias ja äiti oli pysytellyt koko ajan hänen kintereillään pelätessään Emilian tippuvan laiturilta veteen tai satuttavan jotenkin muuten itsensä. Isän mökillä ei mitään laituria ollutkaan, jotta olisi edes yksi huoli vähemmän, kuten äiti sanoi.

"Tinja, lähdetäänkö aamu-uinnille? Vesi on ehkä vielä vilvakkaa, mutta mennään silti", mummo ehdotti.

"Joo, käyn vain hakemassa uimapukuni."

Tinja kipaisi mökille, otti kuivumassa olleen sinisen uimapukunsa ja puki sen ylleen. He olivat uineet illalla melkein heti mökille päästyään. Sitten oli syöty ja juteltu ja aika varhain mummo oli ehdottanut nukkumaanmenoa. Tinja oli itsekin huomannut olleensa jo tosi väsynyt.

Mökki oli pieni punaiseksi maalattu rakennus. Kukikkaat verhot ikkunoilla piristivät vaaleiksi maalattuja sisäseiniä. Hella toimi kaasulla. Sänkyjä oli kaksi. Toisen niistä pystyi levittämään. Ihan mökin lähellä oli uudempi aittarakennus, jossa he olivat yöpyneet silloin kolme vuotta sitten. Nyt Tinja oli iloinen saadessaan nukkua mummon kanssa mökissä. Se oli paljon kodikkaampi kuin aitta.

Illalla mummo oli alkanut kertoa Tinjalle jotakin tarinaa nuoruudestaan. Hevosia siihen oli liittynyt. Mummo oli ajanut kärryillä ja hevonen oli pillastunut. Tarina oli kuitenkin ollut niin pitkä, että Tinja oli nukahtanut ennen sen päättymistä.

Tämähän on kivaa, tämä mummon mökillä kesänvietto, tuumi Tinja juostessaan rantaan uimaan. Hän syöksyi suoraan veteen mummon jäädessä ihmettelemään.

"No, sinähän olet nopea. Minä vasta totuttelen."

"Näin ei tarvitse totutella ollenkaan", Tinja huusi eikä voinut vastustaa kiusausta roiskuttaa vettä mummon päälle.

"Iiks!" kiljaisi mummo. "Taitaa olla parasta minunkin alkaa uida."

Niin he uivat hyvän tovin. Tinja kokeili koulun uimaopetuksessa oppimiaan taitoja: kilpikonna-kelluntaa, myyrää ja kroolausta.

"Hyvin olet oppinut uimaan", mummo kehaisi.

"Niin, me kävimme juuri keväällä koulun kanssa uimassa monta kertaa ja silloin minä opin kroolaa-maan", Tinja kertoi.

3. Löytö vintiltä

"Kuule mummo", Tinja sanoi heidän istuessaan mökin terassilla syömässä puuroa ja hedelmiä uimisen jälkeen. "Minusta on tosi kiva olla täällä. Silti minua harmittaa yksi asia."

Tinja vaikeni ja katsoi mummoaan, kuunteliko tämä istuessaan mukavasti pehmustetulla terassituolilla. Mummo vilkaisi Tinjaa:

"No, kerro toki. Jos vaikka keksisimme keinon, millä helpottaa harmistustasi..."

"No, kun tykkään ratsastaa keppareilla, siis keppihevosilla. Se on tosi kivaa, samalla sekä leikkiä että oikeaa. Siis harjoittelen kaverini kanssa leikkipihalla ja teemme samoja asioita kuin oikeillakin hevosilla: ravia ja laukkaa, voltteja ja pohkeenväistöä. Kepparit pukittelevat tai nousevat taka-jaloilleen. Käymme joskus maastossakin ja hypimme esteitä. Tyhjien katuliitupurkkien tai Emilian vanhan potkumopon ja kolmipyörän päälle on pistetty har-janvarsi tai Emilian lyhyt katuharja. Meillä on siis tosi kivaa kepparien kanssa, mutta äiti ei antanut minun ottaa yhtään kepparia tänne, ei vaikka kuinka vakuutin, että se kulkisi kädessäni. Täällä olisi kiva ratsastaa ja hoitaa kepparia. Voisin tehdä maasto-lenkkejä ja uittaakin."

Tinja huokaisi ja mummo katsoi häntä hymyillen samalla salaperäisesti.

"Arvaan kyllä, miksi äitisi ei antanut sinun ottaa kepparia tänne. Hänkin näet ratsasti keppihevosilla lapsena, mutta se jäi aika yhtäkkiä. Kun hän meni kuudennelle luokalle, jotkut nauroivat hänen keppi-hevosilleen ja niin se vaan jäi niillä ratsastaminen. Rakkaimmat keppihevoset tuotiin tänne mökille ja joskus kesäisin hän vielä ratsasti niillä täällä."

"En tiennytkään, että äitikin on tykännyt kep-pareista. Hän ei ole koskaan sanonut siitä mitään.

Minusta on pikemminkin tuntunut, että hän inhoaa niitä. Ainakaan hän ei ole ollut yhtään innostunut niistä", Tinja sanoi yllättyneenä.

"Tuskin hän niitä inhoaa. Ehkä hän on sisimmässään vieläkin surullinen siitä, mitä tapahtui. En voinut auttaa, sillä en tiennyt, mitä oli tapahtunut. Hän kertoi siitä vasta paljon myöhemmin. Keppistely vain jäi. Ajattelin, että hän oli tullut isommaksi."

"Harmi. Minä en kyllä jätä keppistelyä kenenkään sanomisten takia", Tinja sanoi päättäväisesti.

"Arvaapa mitä! Äitisi keppihevoset ovat vielä tallella tuolla mökin vintillä", mummo sanoi ja osoitti vinttiä kohti. "Siellä ne ovat lojuneet monen vuoden ajan."

"Voisinko katsoa niitä?" Tinja kysyi innoissaan.

"Mikä ettei. Mennään sisälle ja sinä saat kiivetä vintille."

Jännittyneen odotuksen vallassa Tinja käveli mummonsa perässä sisälle mökkiin. Yhdelle seinälle oli kiinnitetty vaaleiksi maalatut puiset tikkaat ja ylhäällä katossa oli pieni luukku.

"Kuten näet, luukku on pieni. En itse enää varmaan mahtuisikaan siitä. Sinä mahdut, joten mene vaan. En muista, missä ne siellä ovat, mutta löydät varmasti. Ei siellä kovin paljon tavaraa ole."

Tinja katsoi pystysuoria tikkaita ja katossa olevaa luukkua. No, voisihan sitä yrittää. Katto ei onneksi ollut kovin korkealla ja oli tuosta ennenkin menty.

"Ota tästä otsalamppu mukaasi. Vaikka siellä on yksi pieni ikkuna, on siellä silti aika hämärää", mummo sanoi ojentaen Tinjalle otsalampun.

Tinja pisti lampun päähänsä ja otti käsillään otteen tikkaista. Varovasti hän kiipesi niitä ylöspäin.

"Nosta sitä luukkua ensin ylöspäin ja sitten siirrät sen sivulle", mummo opasti Tinjaa. "Sitten voit vetää itsesi ylös."

Tinja työnsi luukun auki ja sai kuin saikin työntäydyttyä sisälle.

Hämärää vintillä tosiaan oli. Tinja otti otsalampun käteensä, pisti sen päälle ja valaisi sillä ympärilleen. Tinja erotti muutamia laatikoita sekä pienen vanhan arkun ja patjan. Ehkä joku oli joskus nukkunut siellä omassa rauhassaan.

Ja siellä patjan takana katon ja seinän rajamailla lojui muutama keppari! Tinja nosti päällimmäisen ja tarkasteli sitä otsalamppunsa valossa. Se oli tehty ruskeasta huopakankaasta ja sillä oli musta harja. Pölyinen se oli ja vähän nuhruinenkin.

Toinen keppari oli sinisestä villasukasta tehty iloisen näköinen pikkuponi ja sen alta paljastui kokonaan puinen keppari.

Tinja aikoi jo lähteä takaisin kolmen keppihevosen kanssa, mutta päätti kuitenkin vielä tutkia valkoista kasaa, joka oli paljastunut keppihevosten alta.

Ei, mutta keppihän siinäkin oli. Pitsiröykkiön seasta löytyi kuin löytyikin hevosen pää. Siis mitä? Valkoista pitsiä ja keppihevosen valkoinen pitsinen pää!

Tinja levitti varovasti pitsin ja huomasi, että kyseessä olikin siivet, siis siivekäs keppihevonen! Siivet oli tehty pitsistä. Tinja oikoili niitä varovasti. Hän huomasi, että toinen niistä oli repeytynyt. Toisessa siivessä oli rautalankaa jäykistämässä sitä. Repaleinen siipi taas roikkui velttona.

"En ole ikinä kuvitellutkaan, että keppihevosella voisi olla siivet", Tinja pohti ääneen. Sellainen hänellä nyt kuitenkin oli käsissään.

Tinja tarkasteli hevosen päätä tarkemmin ja huomasi, että se oli tehty valkoisesta sukasta, jonka päälle oli ommeltu pitsikangas. Hevosella oli mustat silmät ja valkea harja.

"Ihana hevonen", Tinja sanoi sulkien kepparin pään syliinsä. "Äitini oma! Mikähän olet nimeltäsi? Olet kevyt kuin tuuli, lennät kuin lintu, olet kaunis kuin lumihiutale. Tuuli siipiäsi kiidättää. Tuule! Olisitko Tuule?"

Pitsinen keppihevonen tuntui sylissä mukavalta. Joku muukin oli rakastanut sitä ja seikkaillut sen kanssa.

4. Tuulen kunnostusta

"Hei mummo. Löysin neljä kepparia. Tule ottamaan ne vastaan", Tinja huusi luukusta mummolle.

"Ojenna tänne vaan", mummo sanoi ojentaen käsiään ylöspäin.

Tinja ojensi kepparit yksitellen mummolle, joka pisti ne sänkynsä päälle. Sitten hän pudottautui nopeasti tikkaille ja sulki kattoluukun.

"Mummo, tiedätkö sinä näistä mitään? Kuka ne on tehnyt ja mikä tämän valkoisen kepparin tarina on?"

Muistot nousivat mummon mieleen.

"Minähän niitä tein yhdessä äitisi kanssa. Tuon puisen teki isoisäsi. Tuo sininen oli ensimmäinen ja tuon pitsisen äitisi halusi tehtäväksi, kun hän oli nähnyt unta valkeasta lentävästä ratsusta. Mutta sehän on rikki!"

"Niin, siipi on repeytynyt. Se pitäisi ommella."

"Tuolla kaapissa on sakset ja lankoja. Haluatko itse ommella sen?" mummo kysyi.

"Joo, tosin en ehkä ole kovin hyvä ompelemaan", Tinja epäröi.

"Siinähän taitosi karttuvat. Minun pitäisi mennä pesemään mattoja. Jos ompeleminen on sinusta hankalaa, voidaan katsoa sitä myöhemmin yhdessä", mummo ehdotti.

"Selvä", Tinja haki sakset ja valitsi valkoisen langan. Hän leikkasi sopivan pituisen pätkän lankaa ja pujotti sen neulansilmään. Hän alkoi ommella pieniä tiheitä pistoja. Kerran hän pisti itseään kivuliaasti sormeen, mutta ompeleminen oli hauskaa eikä hän halunnut jättää sitä kesken. Hänestä tuntui, että hän teki jotakin arvokasta. Hän antaisi uuden elämän hylätylle hevoselle, loukkaantuneelle. Kyllä äiti yllättyisi!

(jatkuu sivulla 35)

Tinja tunsi, kuinka hevonen vavahteli hänen hellästi koskettaessaan sen loukkaantunutta siipeä. Siihen selvästi koski, sillä hevonen näytti kärsivältä. Tinja tiesi, että hänen olisi autettava sitä. Muuten se menettäisi siipensä eikä enää koskaan lentäisi.

Tinja oli nähnyt niityllä pegasoshevosia aina silloin tällöin. Isä oli kieltänyt menemästä niiden luokse. Jotenkin oudon välinpitämätön isä oli noita ihmeellisiä hevosia kohtaan. Kummallista se oli siksi, koska isä oli läpikotaisin hevosmies, omisti 30 hevosen ja ponin tallin ja huolehti kaikista hevosistaan yhtälailla. Mutta pegasoksista hän ei tuntunut välittävän.

Olivathan ne villihevosia ja siipineen kovin erilaisia. Juuri siksi ne kiehtoivat Tinjaa. Pystyisiköhän niiden selässä ratsastamaan tai jopa lentämään? Se mietitytti häntä usein, ehkä liiankin usein, sillä aina kun oli mahdollista, hän hiipi niitylle, jolla pegasoksia joskus näki. Hänestä oli lumoavaa nähdä, kuinka pegasos levitti jylhät siipensä ja kohosi ilmaan kevyesti kesken laukan.

Tällä kerralla hän oli nähnyt, kuinka yksi pegasos roikotti siipeään kummallisella tavalla. Oliko siihen sattunut? Tinja – aito hevostyttö – ei voinut jättää hevosta pulaan, vaan alkoi lähestyä sitä varovasti. Pegasos ei lähtenyt karkuun. Se kyllä huomasi Tinjan, heilautti päätään ja salli tytön tulla vierelleen.

Tinja kosketti varovasti hevosta, ja kun se ei kavahtanut karkuun, hän silitti sitä ensin varovasti sitten voimakkaammin. Sitten hän tarkasteli siipeä.

Se oli valtava, linnun siiven kaltainen. Höyhenien ja sulkien seassa oli myös ohutta karvaa. Oikean siiven jokin luu oli poikki. Siksi siipi roikkui eikä sillä voinut lentää. Miten sen voisi parantaa?

Pegasos katsoi Tinjaa silmiin ja Tinja mietti. Ehkä siiven pitäisi olla aloillaan niin kuin ihmisen luiden niiden murruttua.

"Tule, tule kanssani kotiini. Meillä on talli ja hevosia. Vien sinut yhteen tyhjään karsinaan. Siellä voit levätä. Sinun pitää nyt olla aloillasi."

Tinja ei tiennyt, ymmärsikö pegasos hänen sanojaan, mutta kuuliaisesti hevonen seurasi häntä ja hiljaa.

Tinja niin pelkäsi isänsä huomaavan, mitä hän oli tekemässä, mutta onneksi tämä ei ollut pihapiirissä. Hän onnistui kuljettamaan pegasoksen salaa tyhjään karsinaan.

Tinja kantoi pegasokselle ämpärillisen vettä ja hieman heiniä.

"Mikähän sinun nimesi on? Olet niin kaunis, ihmeellinen. Millä nimellä sinua kutsuisin?"

Tinja katsoi hevosta syvälle tämän tummiin silmiin.

"Olet Tuule, Tuulenleimahdus", Tinja sanoi hitaasti sanoja tunnustellen. "Eikö niin?

Hevonen ei hirnahtanut vaan työnsi turpansa Tinjan kainaloon. Se hyväksyi nimen.

"Tuule, lepää täällä, nuku. Yritän ottaa selvää, kuinka voisin auttaa sinua."

Tinja sulki karsinan ja meni sisälle taloon. Pian oli jo nukkumaanmenon aika eikä hän tosiaan tiennyt, mitä tekisi Tuulen kanssa.

Aamulla isä olikin jo Tuulen karsinan

vieressä.

"Sinäkö tämän olet tänne tuonut?"

"Niin. Sen siipi on vahingoittunut. Ajattelin, että se voisi levätä täällä", Tinja sanoi varovasti peläten isänsä suuttuvan.

"Ei se pelkällä lepäämisellä parane. Meidän on asetettava siihen tuki. Onko hevonen villi vai antaako se mennä luokseen?"

"Ainakin eilen se oli aivan kesy ja seurasi minua helposti tänne", Tinja sanoi helpottuneena. Suuttumisen sijasta isä aikoikin auttaa.

Tinja auttoi isäänsä, kun hän asensi siipeen metallisen tuen, jonka avulla murtunut luu voisi luutua oikein paikoilleen, mikäli hevonen antaisi tuen olla paikoillaan.

"Kiitos, isä. Saahan se olla meillä, kunnes siipi on tervehtynyt?"

"Olkoon. Ehkä on aika minun ker-

toa, miksi olen kehottanut sinua vält-
tämään pegasoksia."

Tinja katsoi yllättyneenä isäänsä.
Tämä huokaisi raskaasti.

"Äitisi rakasti hevosia ja erityi-
sen ihastunut hän oli pegasoksiin. It-
se asiassa hän kesytti niitä tai oliko
hän ihan muuten vaan samalla aalto-
pituudella niiden kanssa, sillä hänel-
le oli niin luontevaa touhuta niiden
kanssa. Monia muita ne juoksivat tai
lensivät karkuun.

"Lensikö äiti pegasoksella?"

"Kyllä, minä näinkin hänet joskus
lentämässä. Mutta sitten erään kerran
jälkeen hän ei tullutkaan takaisin.
Tiedän, että hän lähti pegasoksella
lentämään, mitä mitä sitten tapahtui
ja minne hän meni, sitä en tiedä."

Pienen tauon jälkeen isä jatkoi
hiljaa:

"Olen odottanut hänen paluutaan,

mutta ehkä hän ei tulekaan."

"Ja sinä et halunnut minun menevän pegasosten luo ja ihastuvan niihin, jotta en vahingossakaan katoaisi niiden kanssa", Tinja sanoi ymmärtäen nyt isäänsä.

"Aivan. Ymmärrät sen nyt. Emme tiedä, mistä pegasokset tulevat tai minne ne menevät. Ne käyvät täällä aina joskus. Jotkut niitä pelkäävät, toiset ihastelevat. Mutta arvoitus ne ovat. Palaako äitisi koskaan? En tiedä."

Isän lähdettyä Tuulen luota, Tinja jäi miettimään tämän sanoja. Äiti oli ollut yhtälailla ihastunut pegasoksiin kuin hänkin ja jopa lentänyt niillä. Voi äiti, missä sinä olet? Mihin pegasos sinut vei?

(jatkuu sivulla 41)

34

5. Esterata ja matka saareen

"Joko olet saanut siiven ommeltua?" mummon ääni havahdutti Tinjan mietteistään.

"En vielä. Aika pitkällä jo olen", Tinja sanoi ja näytti pitsisiipeä mummolleen. "En jaksa enää ommella. Jatkan vaikka huomenna. Mennään uimaan. On niin kuuma."

"Mennään vaan", mummo sanoi ja ojensi Tinjalle tämän uimapuvun.

Uimisen jälkeen Tinja tarkasteli äidin muita keppareita. Sukkakeppari oli hyvin nukkainen ja olipa harja joskus ollut tuuhea tai harva, siitä oli nyt jäljellä vain muutama villallangan pätkä. Nappisilmät roikkuivat. Sitäkin pitäisi siis kunnostaa.

Puinen keppari oli hauskan näköinen puulevystä leikattu hevosenpää, joka oli maalattu ruskeaksi. Se oli haalistunut vuosien varrella. Voisikohan sitä maalata uudestaan? Vai olisiko se parempi tällaisena vanhana ja haalistuneena?

Huopakankaasta tehty ruskea keppari oli maannut kasassa päällimmäisenä ja se olikin tosi pölyinen. Kun Tinja oli sitä tomuttanut, hän huomasi sen lempeän oloiseksi. Ehkä se oli tamma, joka oli jo saanut useita varsoja. Sen hän koeratsasti ensimmäisenä. Mukavahan se oli, tottelevainenkin, vaikka vähän pyrki karkailemaan, mikä ei tietysti ollut ihmekään, kun se oli joutunut lojumaan vintillä ties kuinka monta vuotta.

Tinja katseli ympärilleen. Täällä mummon mökin ympäristössä pystyisi hyvin käymään maastolenkeillä ja vaikka tekemään maastoesteradan. Siinähän oli hyvä idea!

Tinja keräsi syliinsä muutamia polttopuita ja rakensi niistä ensimmäisen esteen. Toiseksi esteeksi hän valitsi sopivan laakean kiven, jonka yli oli helppo hypätä. Kolmas este oli paksu puunjuuri, joka mutkitteli maan pinnalla. Neljänneksi esteeksi Tinja haki metsästä pudonneen männyn oksan. Viidennen esteen hän kokosi irtokivistä ja kävyistä.

Nyt esterata oli valmis. Tinja ratsasti sen ympäri ruskealla kepparilla muutaman kerran ja vaihtoi sitten puukeppariin. Silläkin oli hyvä ratsastaa. Se tuntui kevyeltä ja esteitten ylittäminen oli helppoa, koska sen keppi oli lyhyt.

Sukkakepparia Tinja ei uskaltanut kokeilla, ettei sen silmä tippuisi ja pitsisen korjaaminen oli vielä kesken.

"Vauhdikasta menoa. Hienon radan olet rakentanut", sanoi mummo, joka tuli pyyhe päällä saunasta. "Kyllä siellä vielä löylyt olisi sinullekin, jos maltat lähteä saunomaan."

"Joo, kyllä minun tekisi jo mieli saunaan. Hiukset pitäisi pestä."

"Tule sitten syömään", mummo vielä huikkasi.

Saunassa oli ihanan lämmintä. Ei liian kuumaa vaan

sopivan kosteaa ja lämmintä. Tinja heitti löylyä kiukaalle ja mietti äitiään ja tämän keppareita. Mitähän äiti sanoisi, kun hän näyttäisi kepparit tälle? Yllättyisikö hän vai suuttuisiko? Aamulla pitäisi jatkaa ompelemista, jotta hän ehtisi korjata sekä pitsisen että sukkakepparin.

Saunottuaan tarpeekseen ja pestyään hiuksensa Tinja kävi vielä uimassa. Mummo oli tullut rannalle ja katseli hänen uimistaan.

"Mennäänkö kohta soutelemaan, kun ollaan syöty?" mummo ehdotti.

"Joo! Saanko minä soutaa?" Tinja innostui.

"Tottakai", mummo lupasi.

Ruokailun jälkeen Tinja haki puukepparin mukaansa.

"Otan tämän mukaan. Heppakin pääsee vesille", Tinja sanoi mummolle.

"Niin, oikea hevoskuljetusvene, vai?"

"Joo", Tinja sanoi.

Tinja pisti kepparin veneen kokkaan. Kun vene oli saatu vesille, Tinja asettui soutajan paikalle ja työnsi airot veteen. Isä oli opettanut häntä soutamaan, mutta silti hän jonkin kerran roiskautti hieman vettä mummon päälle.

"Muistatko mikä tuon puukepparin nimi on?" Tinja kysyi.

"En minä enää muista. Voit kysyä äidiltäsi, josko hän muistaisi, tai nimeä se uudelleen. Voihan kepparilla kaksikin nimeä olla", mummo sanoi ja asettui mukavasti veneen perään ja uitti kättään vedessä.

"Heleä, se on Heleä", Tinja päätti. "Ainakin äidin tuloon asti. Soudetaan tuonne saareen."

"Soudetaan vaan. Onhan meitä kaksi, niin jaksetaan soutaa takaisinkin", mummo sanoi.

Saari oli Tinjan mielestä ihana. Männyt olivat matalia ja käppyräisiä. Koivut heleän valkorunkoisia. Tinja otti kepparinsa ja laukkasi sen kanssa ympäri saaren kallioista ja paikoin sammaleista pintaa. Matalassa hiekkapohjassa hän uitti keppariaan ja yritti ravata vedessäkin.

"Tämä on ihana paikka. Kaikkialla ympärillä vain vettä."

"Niin. Tosin tuuli ottaakin sitten kovasti. Luulen, että meidän on paras kohta lähteä takaisin ennen kuin alkaa tuulla hurjemmin", mummo tuumi.

Paluumatkalla mummo souti. Ensin Tinja uitti Heleää veneen perässä. Sitten hän antoi sen aina välillä juoda veneen laidan yli. Lopulta Tinja pisti silmänsä kiinni ja kuvitteli Heleän oikeaksi hevoseksi, jonka hän oli juuri pelastanut saarelta. Se oli hylätty hevonen, joka oli uinut saareen, mutta ei uskaltanut uida sieltä pois. Hänen avulla se uskalsi nyt ylittää järvenselän.

Iltapalan jälkeen Tinja meni nukkumaan. Silmänsä suljettuaan hän huomasi mieleensä nousevan kuvia hänen tänään löytämistään keppareista. Ne kaikki näkyivät siinä. Sitten kuva pitsikasasta ja ompelutyöstä nousi hänen mieleensä ja hän kuvitteli, miltä pitsinen keppari näyttäisi ehjänä.

6. Siipi ehjäksi

Aamulla Tinja otti pitsisen kepparin syliinsä ja alkoi taas ommella sitä. Mummo oli luvannut korjata sukkakepparin. Tinja yritti ommella huolellisesti ja teki siksi pieniä pistoja. Hän tunsi olonsa lempeäksi ikään kuin hän hoitaisi kärsivää eläintä ja parantaisi sen terveeksi.

(jatkuu sivulla 43)

Tinja oli käynyt joka päivä Tuulen luona. Pegasos tuntui jo melkein omalta, mutta isä oli sanonut, ettei pegasoksia voinut kahlita. Tämä oli vain kipeän siipensä takia heidän hoivissaan.

41

Oli aika ottaa siipeä tukenut metallilasta pois.

"Ihme on, jos siipi on todella parantunut, eläimet eivät yleensä malta olla tarpeeksi aloillaan", isä sanoi.

"Pegasos onkin ihmehevonen, joten kai se on mahdollista", Tinja tokaisi.

"Katsotaan", isä sanoi ja irrotti lastan siivestä. Luu tuntui luutuneen eikä isä huomannut enää mitään vikaa.

"No, kyllä ihme näyttää tapahtuneen. Viedään se ulos ja katsotaan, mitä se tekee."

Tinja talutti Tuulen ulos. Pegasos kulki hänen vierellään rauhallisesti.

Tinja päästi sen vapaaksi ja taputti sitä takalistoon ikään kuin merkiksi, että mene nyt.

Tuulenleimahdus heilautti harjaansa ja käveli eteenpäin. Se leyhytteli siipiään, mutta ei lähtenyt lentoon. Sitten se katosi metsän siimekseen.

"No, ei se vielä lentänyt", Tinja sanoi vähän pettyneenä.

"Ehkä se itse tietää, kannattaako vielä lentää. Ainakin se vaikutti parantuneelta."

Isän sanat lohduttivat Tinjaa. Hänen teki kuitenkin mieli juosta Tuulen perään, mutta koska hän tiesi, ettei isä pitäisi siitä, hän jäi paikoilleen – sillä kertaa.

(jatkuu sivulla 52)

"Onko siipi jo korjattu", kysyi mummo, joka juuri tuli ulkohuussista sisälle.

"Juuri päättelin ompelutyöni. Katso, eikö näytäkin hyvältä? Se on eheä nyt", Tinja levitti siiven mummon nähtäväksi.

"Hyvin tehty. Tässä on sinulle rautalankaa. Ehkä sinun kannattaisi ottaa tuo toinen vanha rautalanka pois ja pujotella uusi molempien siipien läpi. Sitten voit langalla tukea rautalangan keppiin kiinni", mummo sanoi ojentaen rautalangan Tinjalle.

"Kiitos", Tinja sanoi ja pujotteli rautalangan paikoilleen ja varmisti langalla sen pysymisen kepissä kiinni. Sitten hän taivutteli rautalankaa saadakseen siivet sopivasti levälleen.

"Nyt se on valmis. Ajattelin kohta lähteä ulos kokeilemaan tätä lentävää hevosta", Tinja sanoi.

"Kuule, meidän pitäisi käydä kaupalla", mummo sanoi. "Yhtä sun toista puuttuu. Voisimme paistaa lettujakin illalla."

"Joo. Mennään vaan ja ostetaan jotain hilloakin, vaikka mansikkahilloa", Tinja innostui ja jätti pitsisen keppihevosen sängyn päälle. Tinja silitti sitä vielä muutaman kerran. Se oli niin lumoava ja ainutlaatuinen.

Tinja otti olkalaukkunsa, jossa oli hänen rahapussinsa muutamine kolikkoineen. Sitten hän sujautti varvassandaalit jalkoihinsa ja seurasi mummoaan ulos.

He kulkivat peräkanaa pitkin polkua ylös rinnettä. Nousu oli jyrkkä ja jokainen askel oli huolellisesti astuttava, ettei kompastuisi puunjuuriin tai kiviin. Ylhäällä odotti mummon auto tien viereen parkkeerattuna.

7. Kylän kirpparilla

Metsätietä piti ajaa varoen, sillä vaikka sitä huollettiin ja sille tuotiin uutta hiekkaakin, maasta saattoi nousta esiin kiviä. Roudan jälkeen jäi ikäviä kuoppia. Joskus myös sade muokkasi tietä kuljettaen hiekkaa pois.

Metsätie yhtyi isompaan tiehen, jonka varrella asui ihmisiä ympäri vuoden. Se tie taas vei asvalttitielle, jota ei tarvinnut ajaa kuin pari kilometriä ja niin oltiin -kankaan kirkonkylällä.

Kylän näkymää hallitsi suuri valkea puukirkko. Sen ympärillä oli vanha hautausmaa. Siellä Tinja ja mummo kävivät nytkin sukuhautaa hoitamassa. Kuihtuneet kukat nypittiin pois ja sitten kukat kasteltiin. Hautausmaalla oli kiinnostavaa kävellä ja lukea vanhoja nimiä hautakivistä.

Kylällä oli kauppa, kirjasto, apteekki ja ravintola. Entisessä kahvilassa oli nykyisin kirpputori. Siellä Tinja halusi käydä.

"Mummo, sopiiko, että menen kirpputorille siksi aikaa, kun käyt kaupassa?"

"Mene vaan. Tulen sinne, jos sinua ei näy auton luona tai jos ehdit, tule sinä kauppaan."

"Selvä", Tinja sanoi reippaasti ja käveli kohti kirpputoria.

Tinja avasi kirpputorin oven ja tervehti lyhyesti myyjää. Vasemmalla puolella oli huonekaluja ja niitä Tinja vain vilkaisi. Oikealla puolella oli paljon vaatteita, mutta ne eivät nyt kiinnostaneet Tinjaa.

Ikkunan vierestä löytyivät lelut. Juuri niiden takia Tinja oli tullut kirpputorille. Koskaan ei voinut tietää, mitä hauskaa tai erikoista kirpparilta saattoi löytää. Usein siellä oli leluja, joita ei enää kaupasta saanut. Joskus löytyi ihan uusia avaamattomia pakkauksiakin ja joskus juuri se lelu, jota eniten halusi.

Hevosia Tinja etsi, koska hän keräsi niitä, eivätkä

muut kuin hevosleikit niin paljoa häntä kiinnosta-neetkaan. Mutta tällä kirpputorilla ei näyttänyt ole-van hevosia. Pehmoeläimiä löytyi: kissoja, koiria, pu-puja, Nalle Puhkin, mutta ei hevosia. Vauvojen leluja oli myös useita ja hassu monivärinen puinen kissa.

Ja sieltä lelunurkkauksen laidalta, melkein vaat-teiden peittämänä häntä kurkisti harmaa hevosen-pää. Tinja työnsi vaatteet syrjään ja otti käsiensä väliin pehmeän harmaan hevosen turvan. Sen silmissä oli lempeä katse. Sen keppi oli käsittele-mätöntä puuta ja sen harja oli tehty valkoisesta hapsulangasta. Se ei ollut kovin tuuhea, mutta Tinjan mielestä juuri sopiva tuolle kepparille. Tinja otti hevosen syliinsä. Oi, sitä oli ihana halata.

Yksi kummallisuus hevosessa tosin oli. Sen turpa oli hieman vino. Ilmeisesti ompeleminen ei ollut ihan onnistunut ja siksi turpa ei ollut tavalliseen ta-paan suorassa. Tinjan mielestä vino turpa teki kepparista persoonallisen ja siksi jopa tavallista söpömmän.

Tavaroissa ei ollut hintalappuja, joten hän joutui

kysymään myyjältä vinoturvan hinnan.

"Hei, mitähän tämä keppiheppa maksaa?"

"No, olisiko pari euroa? Yksi tyttö toi sen tänne. Hän sanoi itse tehneensä sen. Sen turpa on kyllä vinossa, mutta se ei taida sinua haitata?" myyjä sanoi ja katsoi kysyvästi Tinjaa.

"Ei, ei ollenkaan. Minusta tämä heppa on tosi söpö."

"Hyvä niin. Se taitaa nyt saada kodin jostain kaukaa. Et ole täkäläisiä?"

"En. Olen täällä vain vähän aikaa mummoni mökillä."

Tinja maksoi kepparin.

"Hei, hei", hän vielä huikkasi uteliaalle myyjälle ja kiiruhti ulos ovesta.

Mummoa ei näkynyt, joten Tinja ratsasti vinoturvalla kevyttä ravia auton luo. Vielä muutama kierros auton ympäri.

Tämä on hyvä hevonen. Pirteäkin vielä, kun noin pukittelee. Taitaa olla iloinen päästessään minun hevosekseni ja tiedän sille nimenkin. Olkoon se Harmo,

Tinja tuumi ratsastaessaan.

"Hei mummo, katso mitä löysin", Tinja huudahti iloisena nähdessään mummon tulevan kaupasta.

"Uusi keppari. No, se oli hyvä löytö. Sinullahan ei tainnut vielä kovin useita keppihevosia ollakaan."

"Ei niin. Vain muutama. Antaisikohan äiti minun ottaa pitsisen kepparin kotiin? Haluaisin sen. Se on niin kaunis."

"Kyllä varmaan", mummo vakuutti. "Hei mutta, miten tämän turpa on niin outo."

"Niin, se on hieman vino. Se on selvästi vino-turparotua, joka on harvinainen seikkailijahevosrotu. Se vie ratsastajansa mukanaan ihmeellisiin seik-kailuihin."

"Hyvä, että sinulla mielikuvitusta riittää. Leikissä on taikaa, vai mitä?"

"Niin", Tinja sanoi ja mietti, mitä olikaan jo kokenut pitsisen keppihevosen kanssa.

8. Lentäen

"Voi ei, kanamunat jäivät kuitenkin ostamatta", mummo parahti heidän asetellessaan ostoksia mökillä paikoilleen. "Ei tule mitään letuista tälle illalle."

"No, on se harmi", Tinja sanoi, sillä juuri muurinpohjalettuja hän oli jo kovasti odottanut.

"Paitsi, jos sinä menisit käymään tuolla Honkaniemen tilalla. Siellä on muutamia kanoja. Heillä saattaisi olla munia. Annan sinulle vähän rahaa."

"Voinko ottaa sen pitsisen kepparin mukaani? Kutsun sitä Tuuleksi. Ajattelin vihdoin ratsastaa sillä enkä malttaisi enää odottaa."

"Ota vaan. Varo kuitenkin likaamasta sitä. Äläkä riko munia paluumatkalla."

"En riko, varon kyllä", Tinja sanoi iloisesti, pisti

rahat taskuunsa ja haki kepparin sängynsä päältä.

Ylämäen Tinja talutti keppariaan, mutta alamäet hän laukkasi. Siivet pysyivät hyvin kiinni kepissä ja samalla lepattelivat niin kuin kuuluikin. Tuulella oli kevyt ja helppo ratsastaa. Se oli täydellisen sopiva hänelle.

(jatkuu sivulla 56)

Tuulenleimahdus laidunsi usein niityllä toisten pegasosten tavoin. Tinja kävi aina silloin tällöin niityn laidalla salaa niitä katsomassa. Tinja oli nähnyt Tuulen lentävän jo useamman kerran. Siipi oli siis parantunut täysin.

Tuule tuli hänen luokseen, kun hän kutsui sitä hiljaa. Tinja rapsutteli hevosta. Hän halasi sitä ja silitteli hellästi. Pegasoksen karva oli aivan erilaista kuin hevosilla yleensä. Tinja tiesi sen, koska hän oli kasvanut hevosten parissa ja harjannut niitä niin kauan kuin muisti. Pegasoksen karva oli jotenkin pehmeää, pumpulimaista kuin pilveä, mutta lyhyttä ja ohutta ja sen pumpulimaisuuden huomasi vain läheltä.

Tinja oli jo usein haaveillut lentävänsä pegasoksella, edes yhden kerran, edes vähän aikaa. Kerran hän oli jo melkein onnistunut pääsemään Tuulen selkään, kun hän oli kuullut isänsä äänen. Ei hän voinut lentää isänsä nähden ja niin se oli jäänyt sillä kertaa.

Nytkö oli oikea hetki? Nytkö se onnistuisi? Nytkö haave vihdoin toteutuisi?

"Tuule, minä tahdon lentää. Tahdon lentää sinun kanssasi taivaan pilviin. Tahdon kokea sen. Sitten tuot minut takaisin tänne, ymmärrätkö?"

Ylväänä hevonen katsoi häntä silmiin. Tinja häikäistyi tajutessaan pegasoksen valtavan voiman. Se ei todellakaan ollut tavallinen hevonen. Se oli ylimaallinen. Se ymmärsi Tinjaa, siitä hän oli täysin vakuuttunut.

Nyt hän ratsastaisi tai lentäisi pegasoksella. Hän johdatti Tuulen lähelle kiveä, josta hän voisi ponnistaa sen selkään. Se onnistui helposti.

Tinja sovitti jalkansa siipien alle ja Tuule lähti liikkeelle. Se ravasi nopeasti jonkin matkaa ja siirtyi laukkaan. Sitten valtavat siiven iskut irrottivat heidät maasta ja he kohosivat lentoon.

Tuulen harjasta oli hyvä pitää kiinni eikä Tinja ajatellutkaan tippumista. Hevosesta huokuva voima ja rauha hävittivät pienimmänkin pelon tunteen, joka Tinjalla olisi voinut olla. Siivet liikkuivat rauhallisesti, vain sen verran kuin oli tarpeen, jotta he pääsivät kohoamaan.

Tuule lensi nopeasti puitten yläpuolelle ja kaikki alkoi pienetä Tinjan silmissä, kun hän katsoi alas. Ilma tuntui viileältä, kun he kiisivät vauhdilla halki taivaan. Lentäminen tuntui aivan erilaiselta kuin ratsastaminen, paljon tasaisemmalta eikä hänen tarvinnut kuin ohjata hevosta. Oikeastaan Tuule hallitsi tämän lennon täysin vieden Tinjaa minne tahtoi.

Tuule kohosi ylös pilviin asti ja Tinja huomasi vaatteidensa kostuvan. Mutta Tuule vain käväisi pilvissä ja liiteli sitten lähemmäs maan pintaa.

Pian he olivat jälleen lähellä tuttua niittyä.

"Voimme jo laskeutua!" Tinja huusi.

Saman tien pegasos lähestyi maata, laskeutui pehmeästi ja laukkasi kohti tuttua kohtauspaikkaa.

"Kiitos. Se oli ihmeellisintä, mitä olen kokenut", Tinja sanoi ja halasi hevosta ollessaan vielä sen selässä.

Sitten hän lipui hitaasti alas ja kiitti hevosta silittäen sitä vielä kerran.

Pegasos katsoi häntä iloisin silmin kuin sanoakseen jotakin tärkeää. Sitä Tinja jäi miettimään.

(jatkuu sivulla 72)

Honkaniemen tilan tullessa näkyviin Tinja lopetti kepparilla ratsastamisen. Tinja tiesi, että Honkaniemen talossa asui suunnilleen hänen ikäisensä tyttö, mutta tänä kesänä he eivät olleet vielä tavanneet.

Käveltyään punaisen navetan sivuitse Tinja jatkoi kävelyään tietä pitkin maalaistalon pihaan. Päärakennus oli pitkä punatiilinen omakotitalo. Sen vieressä oli vaalea autotalli- ja varastorakennus. Ketään ei näkynyt isolla avoimella piha-alueella.

9. Honkaniemen tilalla

Tinja lähestyi taloa ja katseli tarkkaan oven-pieltä, mutta ei huomannut missään ovikelloa. Näin isossa talossa tuskin kukaan kuulisi, jos hän koput-taisi.

Samassa ovi avautui ja sirkeäsilmäinen tyttö kat-soi häntä suoraan silmiin ja hymyili iloisesti.

"Moi", tyttö sanoi.

"Hei. Tulin kysymään, olisiko teillä kanamunia, kun me Meeri-mummon kanssa unohdimme ostaa niitä kaupalta."

"Joo, onhan meillä. Haluatko nähdä kanatkin? Käydään katsomassa, olisiko siellä ihan tuoreita mu-nia. Minä olen Emma."

"Okei. Minä olen Tinja", Tinja sanoi hieman

epäröiden.

Emma pisti kumpparit jalkaan. Tinja kulki hänen vierellään kanalaan varastorakennuksen taakse.

Emma avasi kanalan oven. Kun Tinjakin oli astunut sisälle, kanat aloittivat kaamean kaakatuksen ja juoksivat siipiään räpyttäen kovaäänisesti karkuun.

"Ne pelkäävät vieraita", Emma selitti. "Minunkaan ei tarvitse olla kuin muutama päivä käymättä täällä, niin ne käyttäytyvät kuin eivät olisi ikinä minua nähneetkään."

"Aika erilaisia kuin hevoset. Ne kyllä muistavat, vaikka niiden luona ei muutamiin päiviin kävisikään", Tinja sanoi.

Tinja vähän nyrpisteli nenäänsä kanalan lemua haistellessaan, mutta kulki Emman perässä ja kurkisti kanojen pesiin, jotka oli rakennettu seinälle ja pehmustettu sahanpuruilla. Löytyihän sieltä munia. Tinja otti käteensä lämpöisen munan pesästä, josta kana oli juuri lähtenyt ja pisti sen mummon antamaan koriin. Toisessa pesässä oli kaksi munaa.

Muutamat pesät olivat tyhjiä ja toisissa istui kana munimassa. Tinja löysi vielä pari munaa.

"Äiti taisi jo aamulla kerätä munat, kun näitä on näin vähän", Emma sanoi.

"Nämä riittävät kyllä meille", Tinja sanoi iloisena ja kurkisti vielä yhteen tyhjään pesään.

Tytöt kävelivät takaisin taloa kohti. Vasta silloin Emma huomasi seinään nojaavan keppihevosen. Tinja oli jättänyt sen siihen, koska ei ollut halunnut vahingossa liata sitä kanalassa.

"Onko tuo sinun? Mikä se oikein on?" Emma sanoi kiinnostunut pilke silmissään.

"Ota vaan se ja katso. Se on pegasos, siivekäs keppihevonen. Löysin sen mummon mökiltä. Se on äitini vanha keppari. Aion viedä sen kotiin. Minusta se on upea, vaikka onkin vanha."

Emma levitti pitsisiipiä.

"Se on kuin koru tai taulu. Saanko kokeilla sitä?"

"Kokeile vaan", Tinja sanoi ja mietti, mitähän Emma mahtaisi kokea pegasoksen kanssa.

Emma kiersi pihalla taitavasti kehää, ravasi ja

teki muutaman voltin. Sitten hän laukkasi, kunnes lopulta hiljensi ja pysähtyi Tinjan eteen.

"Aivan ihana ratsu. Se ikään kuin kertoi minulle tarinaa. Lensimme ja tiesin, että joku pitäisi hakea pois."

Tinja katsoi Emmaa. Joku toinenkin siis koki jotain erikoista tällä pitsisellä pegasoksella!

"Onko sinulla muita keppareita täällä?" Emma kysyi.

"Sieltä vintiltä löytyi joitakin äitini vanhoja keppareita. Tätäkin piti korjata ja yksi toinenkin kaipaa ompelua. Siellä oli myös yksi kiva täysin puinen keppari. Se kyllä näyttää tosi vanhalta ja kuluneelta. Onko sinulla keppareita?" Tinja selitti ja kysyi unohtaen täysin ostamansa vinoturvan.

"Joo, on minulla keppareita aika montakin. Kolme on ostettu. Pari on tehty sukasta. Äiti teki yhden ihan mahtavan ison islanninponikepparin ja minäkin olen tehnyt ainakin osan parista kepparista. On vaan niin vaikeaa tehdä itse, siis että onnistuisi hyvin", Emma sanoi.

"Saanko vilkaista keppareitasi? Minun pitäisi kyllä pian mennä takaisin mökille", Tinja pyysi.

"Joo. Mennään sisälle niin näytän ne nopeasti sinulle", Emma lupasi.

"Hei tytöt, löytyikö kanalasta munia?" Emman äiti huikkasi, kun he astuivat sisälle taloon.

"Joo, ihan tarpeeksi", Tinja sanoi ja näytti korinsa sisältöä. "Mitä nämä maksavat?"

"Saat eurolla."

"Kiitos", Tinja sanoi ja ojensi rahan Emman äidille.

"Tule tänne. Täällä ne ovat", Emma sanoi ja johdatti Tinjan huoneeseensa.

Kepparit lojuivat seinää vasten Emman huoneen nurkassa. Huoneesta huomasi muutenkin, että Emma tykkäsi hevosista. Seinillä oli useita hevosjulisteita ja sängyllä oli ainakin neljä eri kokoista hevospehmoa.

"Tämäkö on se äitisi tekemä islanninponi?" Tinja kysyi ottaessaan käsiinsä isopäisen karvaisesta kankaasta ommellun kepparin. Sillä oli isot muovisilmät ja kun Tinja kurkisti sen suuhun, hän huomasi, että sille oli ommeltu valkoiset hampaat ja vaaleanpunainen kielikin.

"Sen nimi on Kultainen Karva, kun se on niin karvainen ja rakas minulle. Yleensä kutsun sitä nimellä Kulta. Suu on tärkeä, jotta siihen voi pistää suitset. Sukkakepparit ovat siitä hankalia, ettei niihin voi tehdä kunnon suuta", Emma selitti.

"Tällä ainakin on kunnon suu, hampaat ja kielikin. Näykkiikö se usein?" Tinja kysyi leikillään.

"Joo ja hamuaa heinää suuhun. Katso, näytän kännykästä kuvan, jonka otin siitä yhden lehden kepparikisaan. Siinä sillä on heinää suussa", Emma sanoi ja etsi kännykästään kepparinsa kuvan.

"Se on hieno. Pärjäsikö se kisassa?"

"Ei, valitettavasti. Se ei päässyt edes loppukilpailuun eli sen kuvaa ei julkaistu lehdessä", Emma sanoi selvästi vähän harmissaan. "Mutta olen ajatellut tehdä nettiin sivut, joilla esittelen kepparitallini. Sellaisia jotkut ovat tehneet. Ehkä sitten syksyllä. Nyt kesällä on niin paljon kaikenlaista puuhaa, etten ole ehtinyt muuta kuin kuvia ottamaan."

"Kesäkuvat ulkona keppareista ovatkin tosi hienoja. Ehkä talvikuvatkin lumessa. Oletko koskaan ottanut?" Tinja kysyi.

"En. Hyvä idea, ehkä ensi talvena sitten", Emma sanoi.

Tinja otti käsiinsä vuorotellen kaikki Emman kepparit. Kaupasta ostetut kepparit olivat jo hieman nuhruisia, mutta näyttivät edelleen selvästi tehdas-tuotteilta. Sukkakeppareihin oli kiinnitetty silmät ja harja ja toinen niistä oli niin taidokkaasti tehty, ettei sitä heti sukaksi tunnistanut. Täysin itsetehdyt olivat kuitenkin Tinjasta parhaita.

"Kaupasta ostetut ovat tietyllä tapaa hienoja, mutta itse tehdyt ovat persoonallisia, ainutlaatuisia", Tinja sanoi ja silitteli ruskeasta kankaasta ommeltua kepparia.

"Niin, minä leikkasin sen oman mallini mukaan, äiti ompeli sen ja minä kiinnitin silmät ja harjan", Emma sanoi.

"Tämä on aika villin näköinen. Musta harja laskeutuu kivasti silmille. Olisi kiva kokeilla näitä, mutta minun täytyy mennä, jotta mummo ei ihmettele."

"Ehkä jonain toisena päivänä. Tuon ponin nimi on Lydia. Se on toinen nimeni ja silloin kun tein sen, halusin antaa sen sille nimeksi. Myöhemmin nimeä on minusta hankala muuttaa, se ei vaan tunnu luontevalta, vaikka nyt minusta tuntuu aina hassulta sanoa jollekulle, että sillä on sama nimi kuin minulla."

"Lydia, se on vanha nimi, erikoinenkin. Sopii tällaiselle vähän arvoitukselliselle hevoselle. Se näyttää kiltiltä, mutta sen harja on villi, joten sen luonteessakin piilee varmaan yllätyksiä", Tinja arvioi.

10. Emman kanssa mökille

Emma lähti saattamaan Tinjaa, mutta pian hän pysähtyi ja sanoi:

"Haluaisin niin näyttää sinulle jotakin. Se ei kestä kuin hetken."

"No, jos se ei tosiaan kestä kauaa."

"Ei, sillä se on tässä matkan varrella. Ratsastatko sinä?" Emma kysyi.

"Joo. Käyn kerran viikossa tunnilla."

"Niin minäkin, mutta minusta se on tosi harvoin. Olisi niin kiva omistaa oma hevonen. Meillä olisi sille tilaa ja laidunkin."

Tytöt kulkivat kohti navettaa. He kiersivät sen taakse ja menivät heinälatoon. Sisällä ladon ulkopäädyssä oli kasa heinäpaaleja ja sitä vastapäätä oli joitakin olkipaaleja ja tikapuut ylätasanteelle, jonka alapuolella oli navetta.

"Näytän sinulle salaisuuteni", Emma sanoi. "Tule, kiivetään noita tikapuita ylös. Jätä munat tähän."

Tinjaa hieman pelotti nousta huteria tikapuita, mutta uuden ystävän into kannusti häntä.

Ylätasanteella ei ensi silmäyksellä näkynyt muuta kuin lisää olkipaaleja.

"Tule tänne. Täällä se on", Emma pyysi.

Silloin Tinja tajusi, minkä takia Emma oli hänet tänne tuonut. Seinustan vierellä seisoi kulmikkaista olkipaaleista kasattu hevonen. Pikkulasten pihaharja oli pistetty sen hännäksi ja paalinaruja apunaan käyttäen Emma oli saanut sille päänkin paikoilleen.

"Se on hieno", Tinja kehui.

"Sillä voi ratsastaa. Kokeile vaikka."

Tinja nousi olkihevosen selkään, painoi pohkeita ja kuvitteli ratsastavansa.

"Tosi kiva", hän vielä sanoi.

"Niin on. Olen niin kaivannut omaa hevosta ja kyllästyin jo ratsastamaan kylmillä kivillä tai paksuilla puunoksilla."

Tinja vilkaisi kelloaan.

"Minun täytyy kyllä nyt mennä. Mummo odottaa munia."

"Voinko tulla mukaan?" Emma kysyi. "Täällä tapaa aika harvoin ketään samanikäistä."

"Tule vaan. Voin näyttää sinulle kaikki ne äidin vanhat kepparit, jotka löysin."

Emman saatua luvan äidiltään tytöt lähtivät kohti mummon mökkiä. Tällä kertaa kumpikaan ei ratsastanut Tuulella. Tinja kantoi sen kädessään ja Emma kantoi munakoria.

"Hei mummo. Emma sieltä tilalta tuli tänne vähäksi aikaa. Ajattelin näyttää hänelle kaikki mökin kepparit", Tinja sanoi ja otti sänkynsä päältä ruskean mustaharjaisen, puukepparin ja uuden harmaan vinoturvan.

"Tässä on tämä sininen kepparikin. Sain korjattua silmät ja lisäsin sille harjaksia juuri äsken. Kutsun teidät molemmat syömään, kun letut ovat valmiita."

Tytöt katsoivat toisiaan hymyillen. Herkkua oli siis luvassa.

Ulkona tytöt menivät keinuun ja tarkastelivat siellä keppihevosia.

"Mistä sinä tämän olet saanut?" Emma ihmetteli ja nosti vinoturvan syliinsä.

"Niin se. En muistanut mainita sitä aikaisemmin. Löysin Harmon kirkonkylän kirpparilta. Eikö olekin söpö? Sillä on virkeät, iloiset silmät ja se on ainutlaatuista vinoturparotua."

"Mitä sanoit?"

"No, kun sen turpa on selvästi vinossa. Siksi ajattelin, että sen täytyy olla jotain erityistä vinoturparotua."

"Tosi kauniisti sanottu", Emma sanoi hämillisenä ja oli hetken hiljaa.

"Minä olen tehnyt tämän", hän sitten jatkoi.

"Eikä!"

"Joo-o! Meillä oli koulussa käsityökerho. Käytin ihan oikeita keppihevosen kaavoja, mutta en silti onnistunut, vaan sille tuli ihan vino turpa. En halunnut pitää sitä ja vein sen kirpparille myyntiin. Ja sinä ostit sen!" Emma sanoi silmät tuikkien.

"Sen harjakin on tosi kaunis, valkoista harsomaista lankaa", Tinja sanoi.

"Kiva kun tykkäät siitä. Minua niin harmitti, kun en onnistunut, mutta se onkin vinoturparotua. Se on oma erityinen ja taatusti harvinainen rotu. Taidan uskaltaa yrittää uudestaan kepparin tekoa. Jos siitä tulee taas vinoturpa, ei se haittaakaan. Sitten minullakin olisi oma erikoinen vinoturpahevonen."

"Niin, ja usko tai älä, olen lukenut netistä, että joskus, tosi harvoin syntyy oikeastikin vinoturpaisia varsoja ja niitä on jopa leikattu, jotta turpa saataisiin oikenemaan", Tinja sanoi.

"Hurjaa", Emma sanoi.

Tytöt viettivät aikaa ratsastaen ja eri keppareita kokeillen. He kävivät pienellä maastolenkillä ja olivat eksyvinään lähimetsään. Tinja oli iloinen siitä, kuinka luontevaa oli leikkiä Emman kanssa. Emma ei edes yrittänyt määräillä mitään, vaan suostui hel-

posti hänen ehdotuksiinsa. Silloin Tinjankin oli help-
po hyväksyä Emman ehdotukset. Lopulta mummo
kutsui heidät lettuja syömään.

11. Uni

Lettujen syönnin jälkeen Emma lähti kotiinsa. Mummo ja Tinja saunoivat ja uivat ja lopulta tuli nukkumaanmenon aika.

"Huomenna on perjantai ja äiti tulee. Tuleeko hän päivällä vai illalla vasta?" Tinja kysyi.

"Illalla. Hänellähän on vielä työpäivä", mummo sanoi hymyillen.

Tinja otti Tuulen hellästi käsiinsä, silitteli sitä hieman ja pisti sen seinän vierelle lähelle itseään. Tämän yön hän nukkuisi pegasos vierellään. Näkisikö hän sen unessa?

Tinja sulki silmänsä ja kuvitteli itsensä oikean pegasoksen selkään lentämään. Uni saapui ennen kuin hän huomasikaan. Unessa hän siirteli Tuulea paikasta toiseen eikä mikään tuntunut sopivalta. Lopulta hän heräsi, kävi juomassa hieman vettä ja palasi sänkyynsä. Äidin oli pakko hyväksyä se, että Tuule tulisi kotiin. Muuten hän salakuljettaisi sen. Pian hän vaipui uudelleen uneen.

(jatkuu sivulla 76)

Tinja oli päättänyt lähteä etsimään äitiään. Tuule oli hänelle jo niin tuttu, että hän kykeni ymmärtämään hevosta ja hevonen häntä.

"Vie minut sinne, minne äitini vietiin. Siitä on monta vuotta, kun yksi pegasoksista lennätti hänet jonnekin, emmekä tiedä minne tai miksi hän ei palannut. Tahdon käydä hänen luonaan. Ehkä hän voisi vihdoin palata."

Pegasos hirnahti ja katsoi Tinjaa viisaasti ja tietävästi niin kuin aina. Tinja kiihdytti sen vauhtiin. Nyt oli tehtävä tämä matka, oli uskallettava lähteä kohti tuntematonta.

He lensivät kauan eikä Tinja tien-

72

nyt, mikä maa oli heidän alapuolellaan. Maisemat vaihtelivat kaupungeista metsiin ja aavikoihin. Lopulta pegasos laskeutui lämpimään ja vehreään laaksoon

Tuule vei hänet ison talon luo. Tinja laskeutui hevosen selästä ja katseli ympärilleen. Taloa ympäröi kaunis puutarha, jossa oli paljon lasten leluja, liukumäki ja kiipeilyteline.

Tinja käveli ovelle ja soitti ovikelloa.

"Hei, täällä on joku outo tyttö", sanoi hieman Tinjaa vanhempi tyttö, joka kutsui hänet sisälle ja juoksi sitten pois huutaen:

"Meeria, Meeria, missä olet? Täällä on tyttö, joka näyttää sinulta!"

Tinja odotti jännittyneenä. Aikuinen, lempeänoloinen nainen tuli hänen eteensä.

"Äiti?"

"Tinja!"

He katsoivat vielä hetken toisiaan ennen kuin halasivat pitkään.

"Niin pitkä aika", äiti sanoi ja silitti Tinjan hiuksia.

"Niin on, pitkä aika. Miksi tulit tänne? Miksi et tullut takaisin?"

"Eräs pegasos toi minut tänne. Se lensi pois ja jätti minut tänne. Tämä talo on orpojen tyttöjen koti. Juuri silloin iäkäs rouva, joka oli huolehtinut heistä, oli kuollut, ja he olivat aika lailla oman onnensa nojassa. Minä aloin huolehtia heistä. He tarvitsivat minua todella. Kyllä minä ikävöin sinua ja isääsi, mutta koskaan ei tullut pegasosta, joka olisi vienyt minut kotiin. Nyt tytöistä vanhimmat ovat jo aikuisia ja voivat huolehtia nuoremmista. Tulit oikeaan aikaan. Nyt voin palata kotiin."

"Voisit palata kotiin?! Oi äiti, se olisi niin ihanaa. Isäkin on kaivannut sinua niin."

"Järjestelen muutamat asiat. Sitten olen valmis. Kaikki tytötkin on vielä hyvästeltävä, kukin erikseen."

(jatkuu sivulla 97)

12. Äidin saapuminen

Aamulla hän heräsi varhain. Mummon vielä nuk-kuessa Tinja otti Tuulen ja juoksenteli sen kanssa rannalla ja uskaltautui aamuviileään veteenkin. Tuli-pahan Tuule uitetuksi. Mummonkin herättyä hän pakkasi reppunsa. Kolme kepparia jäisi mökille ja kaksi hän ottaisi mukaansa.

Päivällä hän ratsasti useaan kertaan läpi maasto-esterataansa mökille jäävillä keppareilla: sinisukalla, ruskealla ja puisella kepparilla.

Oli haikeaa pestä astioita yhdessä mummon kanssa. Menisi ainakin vuosi ennen kuin hän jälleen pääsisi tänne.

Sitten äiti tuli, iloisena ja puheliaana kuten aina.

"No, miten päivät ovat kuluneet? Olette uineet ja

76

nauttineet kesästä?" äiti kysyi mummoon vilkaisten.

"Sitäkin", mummo sanoi tietäen Tinjan jännityksen.

"Äiti, minä löysin jotakin tosi kivaa. Sinun on luvattava, että saan ottaa ne kaupunkiin. Sinun on luvattava ensin, näytän vasta sitten."

"No, jos se ei ole mikään iso kivi tai puunrunko tai mikään eläin, siis jotain ihan mahdottoman isoa tai elävää."

"No, ei se iso ole, mutta puuta kyllä. Eläin se on, mutta ei elävä, ja oikeastaan niitä on kaksi."

Äiti ja mummo menivät keinuun odottamaan ja Tinja haki kepparit sisältä.

"Tässä nämä nyt ovat."

Äiti tuijotti hämmentyneenä valkoista pitsistä keppihevosta ja käänsi sitten katseensa vinoturpaan.

"Mikäs tämä on? Ei ainakaan minulle tuttu. Hieman kummallisen näköinen."

"Löysin sen kirkonkylän kirpparilta. Se on maagista vinoturparotua, ainutlaatuinen ja todella harvinainen. Se on itse asiassa Honkaniemen Emman tekemä. Häntä oli harmittanut, kun hän ei ollut onnistunut, mutta minusta Harmo on tosi suloinen heppa, ja kuten sanoin, ainutlaatuinen."

"Ja tämä toinen", äiti otti Tuulen käsiinsä. "Tämä tuo minulle mieleen muistot, kuinka minäkin monet kerrat lensin sillä."

Tinja katseli äitiään hiljaa tämän vaipuessa muistoihinsa.

"Olet varmaan jo ratsastanut tällä?" äiti kysyi lopulta.

"Tottakai. Se on niin kevyt ja ihmeellinen. Se on satuhevonen, taikasiipi, ihmeponi. Niin lumoava, että tahdon sen omakseni, kotiin."

"Niin, ehkä on sinun aikasi kokea sen kanssa seikkailuja. Minä rakastin sitä lapsena. Se oli minun ihmeponini. Sitten tuli aika luopua siitä, ehkä liian varhain. Täällä minä vielä joskus ratsastin sillä."

"Mikä sen nimi on? Kai sinä kutsuit sitä jollakin nimellä?"

"Tuulenleimahdus tai lyhyemmin vain Tuule. "

"Ihanko totta?" Tinja katsoi ihmetellen äitiään

78

silmiin.

"Kyllä. Tuulenleimahdus. Valtavat siiveniskut kuin liekit taivaalla, pegasoksen nimi."

Äiti ojensi kepparit Tinjalle:

"Saat ottaa kepparit mukaasi. Voit leikkiä niillä siskosikin kanssa. Emilialla on vain yksi oma keppihevonen."

"Entä mikä on tämän puisen keppihevosen nimi?" Tinja kysyi.

"Se oli Leena, lempiheppani pitkään."

"Voi että, minä nimesin sen Heleäksi", Tinja sanoi.

"Leena Heleä. Sopii hyvin yhteen", äiti sanoi.

"Lähdetäänkö me nyt pian jo kotiin?" Tinja kysyi sitten.

"Ei. En jaksa ajaa enempää tänään. Mummo, sopiiko jos lähdemme vasta sunnuntaina? On niin kiva olla tällä mökillä jälleen."

"Ilman muuta sopii."

"Jippii. Sitten ehdin tavata vielä Honkaniemen Emman. Voinko mennä aamulla sinne?" Tinja kysyi.

"Mene vaan", sanoivat mummo ja äiti yhteen ääneen ja naurahtivat, kun antoivat molemmat yhtäaikaa luvan Tinjalle.

"Missä äiti nukkuu?" alkoi Tinja ihmetellä myöhemmin.

"Niin, haluatko aittaan?" mummo kysyi.

"Vai saisinko minä nukkua mökin vintillä? Siellähän on patja", Tinja sai sanottua mielessään pyörineen kysymyksen.

"Siellä on niin pölyistä", mummo sanoi.

"Jos vähän siistisin sitä. Nukkuisin siellä tosi mielelläni", Tinja sanoi.

"Eiköhän me saada se tarpeeksi siistiksi", äiti sanoi. "Olisihan se hauska meidän kolmen sukupolven naisten kerrankin nukkua saman katon alla."

Tinja kipaisi nopeasti tikapuut ylös ja avasi luukun jo tottuneesti.

"Anna se otsalamppu, mummo", hän silloin muisti.

Mummo antoi otsalampun ja harjan. Tinja taittoi

ensin patjan pituussuunnassa kahtia ja työnsi sen luukusta alas. Äiti pudisteli sen. Tinja harjasi vintin lattian ja pesi sen sitten pesurätillä. Äiti antoi patjan ja mummo petivaatteet ja niin Tinja petasi itselleen pedin vintille.

Kun nukkumaanmenon aika koitti, Tinja halusi jättää luukun auki.

"En halua olla ihan yksin", hän selitti.

Silti oli jotenkin hauskaa olla itsekseen ylhäällä vintillä. Mummon ja äidin äänet kuuluivat vielä näiden jutellessa kylän kuulumisista. Tinja asettui patjalle ja veti peiton päälleen. Hän kuvitteli olevansa prinsessa, joka oli paennut kotilinnastaan kyllästyttyään palatsielämään. Nyt hän asui autiossa metsämökissä ja mukanaan hänellä oli harmaa ratsunsa Harmo. Hänellä oli paljon kultakolikoita, jotta hän voisi ostaa ruokaa. Monet metsän eläimet ystävystyivät hänen kanssaan ja hän tiesi, että hän voisi palata takaisin linnaan heti kun haluaisi. Ehkä jo ensi viikolla... Uneen oli lopulta helppo vajota.

13. Keppistelyä Emman kanssa

Seuraavana aamuna Emma ilahtui nähdessään Tinjan, joka oli ottanut Harmon mukaansa.

"Tehdään esterata ja leikitään ratsastuskisoja."

"Joo. Tehdään vaan", Tinja vastasi. "Mistä tehdään esteet?"

"Minulla on omat esteet."

"Oikeasti!"

"Joo. Isä teki ne pari vuotta sitten."

Tytöt hakivat autotallista puiset estepidikkeet ja punavalkoiset puomit.

"Vau. Nämä ovat tosi upeat. Minä kasaan esteeni jostain harjoista ja purkeista."

"Minulla on tällainen tiiliestekin", Emma sanoi ja toi pihalla pinon pahvilaatikoita, joihin oli maalattu tiilikuvioita.

"Hyvin keksitty!" Tinja kehui.

Tytöt rakensivat esteistä pihalle radan.

"Odota. Haen vielä yhden jutun", Emma sanoi ja meni sisälle taloon.

Vähän ajan päästä hän palasi takaisin kantaen matalaa muoviastiaa.

"Tule auttamaan", hän huusi Tinjalle, joka syöksyi tarttumaan astian toiseen päähän. Vesi loiskui heidän vaatteilleenkin.

"Tämä on tietysti vesieste", sanoi Tinja.

"Aivan oikein."

Tytöt toivat ulos Emman kepparit ja aloittivat verryttelyn kiertäen kehää esteiden ympäri ensin ravaten, sitten laukaten. Lopulta he hyppivät esteitä.

"Sitten aloitetaan kisat", Emma sanoi. "Korotetaan esteitä, että edes joku pudottaisi."

"Saanhan ratsastaa islanninponilla?" Tinja pyysi.

"Joo. Saat valita vapaasti", Emma lupasi.

Tinja valitsi Kultaisen Karvan, mutta se olikin kömpelö esteiden ylittämiseen. Sen keppi oli turhan pitkä ja ensimmäisen esteen puomit hän pudottikin. Sitten hän osasi varoa muuten, mutta pärskähti keskelle vesiestettä.

"Onneksi on kesä. Ei haittaa vaikka vähän kastuinkin."

Emma hyppäsi tottuneesti puhtaan radan Lydialla. Tinjakin halusi kokeilla Lydiaa.

"Tämä on hyvä keppari esteradalle", Tinja sanoi ratsastettuaan hänkin puhtaan radan.

Kun oli jälleen hänen vuoronsa ratsastaa, hän ottikin Harmon.

"Ymmärrätkö, tämä tuntuu niin omalta jo, vaikka en ole omistanut tätä kuin pari päivää. On kiva kokeilla toisen keppareita, mutta oma tuntuu silti parhaimmalta, rakkaimmalta. Tämä on vielä oma löytöhevoseni."

"Ymmärrän toisaalta, mutta oli minusta kiva kokeilla sinun kaunista pitsistä keppihevostasi. Onnistuisinkohan itse tekemään sellaisen?" Emma pohti.

"Kokeile. Kyllä siitä hyvä tulee", Tinja vakuutti.

Tytöt ratsastivat vielä pitkään. Sitten he vaihtoivat kännykkänumeroitaan ja sopivat olevansa yhteydessä tulevan syksyn ja talven aikana.

"Ensi kesänä minun on pakko päästä taas tänne mummon mökille, että voidaan tavata", Tinja sanoi heidän erotessaan.

"Varmasti pääsetkin. Sitten nähdään taas", Emma sanoi.

14. Lähtö mökiltä

Äidin ja mummon jutellessa keskenään Tinja kuvasi kännykällään keppareitaan, etenkin mökille jääviä. Hän lähetti kuvia kaverilleen Nellille, joka totesi:

"Sinä se sitten teit ihanan löydön! Minulle ei ole tapahtunut mitään erityistä. Ei ole edes uutta kepparia ja sinä tulet kahden kanssa. Vinoturpa on tosi söpö, niin lempeän näköinen. Pitsinen on kaunis, satuhevonen."

Viimeinen yö mökillä tuntui haikealta, mutta hassuinta oli herätä keskellä yötä kuuntelemaan niin mummon hiljaista kuorsausta kuin äidin tuhinoita. Tinja ei ollut tiennytkään, että äiti puhui unissaan.

"Pois, pois, laukatkaa pois", hän höpisi.

Sunnuntaiaamuna he lähtivät varhain.

"Ensi kesänä sitten taas tänne vai mitä Tinja?" mummo sanoi silmää iskien.

"Joo! Tottakai ja ihan pakko päästä. Sitten näkisin Emmankin uudelleen", Tinja sanoi innokkaana.

"Kunhan ensi kesä taas on käsillä. Vaan miksipä ei?" äiti totesi.

Vasta kun he olivat ajaneet jo kymmeniä kilometrejä Tinja rohkaistui kysymään:

"Miksi suhtauduit niin nuivasti minun keppareihini, vaikka itselläsikin oli keppihevosia? Miksi et kertonut niistä?"

"Jaa. Se oli sitä lapsuutta tai nuoruutta. Olin ihastunut yhteen poikaan ja juuri hän alkoi pilkata minua keppareista eikä se edes loppunut, vaikka vein kepparit mökille enkä enää kaupungissa niillä ratsastanut. Se oli onneton ihastuminen, en koskaan kunnolla tutustunut tuohon poikaan. Lopulta halusin unohtaa kaiken häneen liittyvän ja niin kepparitkin. Sinne ne unohtuivat mökin vintille. En tosiaan ollut vuosiin edes ajatellut niitä."

"Voi että", Tinja huokaisi.

"Ei se enää haittaa. Se oli nuoruutta se. Toki ratsastin keppareilla vielä mökillä ennen kuin ne vain unohtuivat sinne ja totta kyllä minuun sattui, mutta oikeastaan oli hyvä, etten paremmin tutustunut tuohon nuorukaiseen. Tutustuin näet isääsi lukiossa ja se oli jo kypsempää rakkautta. Oli oikeastaan hyvä, että tuo vanha asia tuli esille. Nyt näen senkin hetken niin toisella tavalla ja voin päästää siitä irti. Niin, joskus näemmä vanhat asiat hautautuvat jonnekin sisimpään, jos niistä ei osaa päästää hellästi irti", äiti pohti.

Asia ei enää Tinjaa kiinnostanut. Hän ajatteli, miten mahtavaa olisi näyttää Nellille uudet kepparit. Hän antaisi kyllä Nellinkin kokeilla niitä, vaikka helposti Nelli määräili ja halusi valita ensin. Tällä kertaa se ei harmittaisi, sillä kummallakin uudella kepparilla olisi kiva ratsastaa.

Tie oli avoin ja suorana heidän edessään peltojen reunustamana, kun Tinja sanoi:

"Äiti, pegasos tuntuu jotenkin erikoiselta keppihevoselta. Minusta tuntuu joskus siltä kuin se kertoisi minulle tarinaa, kuin minä olisin jossakin muualla."

"Minä tiedän. Minäkin olen kokenut omat seikkailuni sillä."

Tinja katseli maisemia tyytyväisenä. Äiti ei enää vastustaisi hänen keppihevosharrastustaan. Pitsinen keppari yhdisti heitä. Sillä oli heille omat tarinansa kerrottavanaan.

Kepparikisat

1. Jälleen kotona

Kotiin oli kiva palata. Tutut valkeat seinät ja tutut tuoksut. Emilia ryntäsi heti vastaan ja innostui keppihevosista. Hän halusi heti ratsastaa Tuulella. Tinja ei olisi halunnut antaa sitä hänelle ihan heti, mutta taipui taas kerran pikkusiskonsa pyyntöön.

"Miten tällä ratsastetaan? Siivet ovat tiellä. Tämä on liian iso minulle", Emilia kuitenkin valitti ratsastaessaan pihalla kotirivitalon edessä.

"Niin se onkin. Kokeile Harmoa", Tinja sanoi tyytyväisenä.

"Se on ihan tylsän näköinen, harmaa. Minä haluan pinkin kepparin ja äiti saa tehdä sen", Emilia vaati.

"No ehkä joskus teen keppihevosen sinulle vai ostettaisiinko? Ehkä kaupasta löytyy peräti hirnuva keppari", äiti ehdotti.

"Joo. Lähdetään heti kauppaan", Emilia halusi.

"Ei. Huomenna vasta", äiti päätti.

Tinja otti mielihyvin Tuulen itselleen ja Emilia kokeili kuin kokeilikin Harmoa.

"Tämä onkin ihan kiva. Äiti, tee joskus minulle itse keppari. Haluan sellaisenkin", Emilia vaati.

"Joskus sitten. Käydään huomenna kaupassa katsomassa, löytyisikö pinkkiä kepparia."

Löytyihän se. Emilia hirnautti sitä tämän tästä ja juoksenteli sen kanssa pitkin pihaa. Tinja laukkasi Tuulella ja katsoi samalla pikkusiskonsa menoa ja ajatteli, ettei tällä ollut hajuakaan ratsastamisesta.

"Ei noin laukata. Sinähän vain juokset. Katso minusta mallia", Tinja yritti neuvoa häntä.

Emilia katsoi Tinjan laukkaa ja yritti sitten samaa. Hetken se onnistui, mutta sitten hän innostui taas hyppimään ja juoksemaan.

"Miksi et yritä kunnolla?" Tinja tiuskaisi.

"Mitä väliä sillä on?" Emilia kysyi.

"Kuuluu vaan tehdä oikeasti niin. Eihän hevonenkaan hypi miten sattuu. Sillä on neljä jalkaa ja sen täytyy koko ajan käyttää niitä kaikkia järkevästi pystyäkseen etenemään sujuvasti", Tinja koetti selittää.

"No, ohjaa sinä sitten minua", Emilia myöntyi.

Hetken aikaa Tinja ohjasi, opetti raviakin, mutta sitten Nelli tuli paikalle ja helpottuneena Tinja lopetti opettamisen. Emiliaa oli vaikea ohjata, koska hän niin helposti teki oman päänsä mukaan eikä kuunnellut.

"Tässäkö tämä suloinen löytöheppa on?" Nelli kysyi ja otti Emilian ojentaman Harmon käsiensä väliin.

"Joo. Se on Harmo ja tässä on Tuule", Tinja sanoi ja esitteli Tuulea sen siipiä levitellen.

"Se on hieno. Se on sellainen fantasiahevonen. Minun makuuni ehkä liikaa pitsiä. Taidan tykätä tästä Harmosta enemmän, koska se muistuttaa enemmän oikeaa hevosta", Nelli tuumi.

"Niin, sinähän osaat tehdä keppareista aidon-kaltaisia", Tinja sanoi.

"Tai ainakin yritän, mutta tuo Tuulehan voisi menestyä kepparikilpailuissa. Erikoinen hevonen huomataan varmasti. Syksymmällä sellaiset on eräillä messuilla. Sitä kutsutaan keppihevosnäyttelyksi. Lähdetkö mukaan? Menen sinne äidin kanssa. Pääsisit meidän kyydillä", Nelli ehdotti.

"Kuulostaa kivalta. Kysyn äidiltä. Millainen kilpailu se oikein on?" Tinja kysyi.

"Etkö ole aiemmin ollut sellaisessa? No, sinne saa mennä keppihevosen kanssa ja siellä on pieni kenttä ja esteitä ja niitä voi hypätä. Näyttely on jonkinlainen kilpailu. Toissa vuonna tuomarit valitsivat isosta kepparistijoukosta joitakin, joita sitten haastateltiin ja he saivat esittää kentällä, mitä halusivat. Sitten tuomarit palkitsivat mielestään parhaat. Viime vuonna siellä oli yleisöäänestys. Minä tulin siinä jaetulle kolmannelle sijalle Salaman kanssa. Jaoin kolmannen sijan itse asiassa kuuden kanssa. Nyt en tiedä yhtään, millainen kisa siellä tänä vuonna on, mutta menossa olen. Taidan ottaa Falian mukaan. Se on aika uusi ja tein sen itse."

"Olisi kiva päästä mukaan. Ehkä äitikin innostuu. Onko siellä messuilla oikeitakin eläimiä?" Tinja kysyi.

"Joo. Siellä on varmaan taas shetlanninponeja ja falabelloja ja ehkä alpakoitakin."

"Taidan koettaa innostaa äidinkin mukaan. Mutta hei, ratsastetaan vähän", Tinja sanoi.

"Joo. Minä otan Harmon, jos sopii", Nelli ehdotti.

Tinjasta oli kiva ratsastaa keppareilla Nellin kanssa, vaikka tämä määräili enemmän kuin Emma eikä aina hyväksynyt hänen ehdotuksiaan. Nelli oli kuitenkin tosi innostunut keppareista ja keksi aina uusia käänteitä leikkeihin.

Nelli tahtoi toimia ratsastuksenopettajana ja ojensi Harmon Tinjalle. Tuule jäi nojaamaan pihan puupöytään.

(jatkuu sivulla 98)

Silloin se taas tapahtui. Tinja oli

97

jälleen toisessa maailmassa oikean he-
vosen, oman Marmorinsa selässä. Hän
tunsi olonsa huolestuneeksi, sillä
missään ei näkynyt siivekkäitä pega-
soksia, joista yksi oli tullut hänelle
niin rakkaaksi.

Pegasoksia ei näkynyt, ei kuu-
lunut, vaikka Tinja odotteli ja käys-
kenteli juuri sillä samalla niityllä,
jolla hän oli ne aiemminkin tavannut.

Jotenkin hän tiesi senkin, että oli
useita päiviä siitä, kun pegasoksia
oli viimeksi nähty. Ne olivat ennen
olleet usein juuri sillä niityllä. Se
oli ollut niiden tukikohta täälläpäin
maailmaa. Ja nyt... ei ainuttakaan.

(jatkuu sivulla 102)

Jonkin ajan kuluttua naapurin rouva pysähtyi
ihailemaan Tuulea:

"Onpa sinulla hieno keppihevonen."

"Niin on. Kiitos", Tinja sanoi.

"Kuka sen on tehnyt? Ei varmaan ole kaupasta ostettu", rouva jatkoi.

"Äiti tai siis mummo tai molemmat", Tinja sanoi.

"Hauska idea tehdä keppihevoselle siivet ja vielä noin taidokkaasti", rouva vielä sanoi.

Tulevien päivien aikana Tinja sai huomata, että moni muukin kiinnostui hänen siivekkäästä kepparistaan. "Oletko tehnyt sen itse?" "Onpa sillä kauniit siivet!" "Saako ottaa valokuvan?" Mutta Tinja tahtoi vain leikkiä rauhassa, ratsastaa kepparilla eikä olla rasittavan ihmettelyn kohteena kepparinsa kanssa. Lopulta häntä alkoi kyllästyttää ainainen utelu ja kyseleminen eikä hän enää valinnut Tuulea niin usein ulkoleikkeihin. Kuitenkin tällä ensimmäisellä kerralla hän oli ihailusta vielä mielissään.

"Kuule. Minun täytyy mennä. Meillä on kohta ruoka-aika ja minulla on nälkä. Nähdään taas", Nelli sanoi.

"Nähdään."

2. Asiaa äidille

"Hei äiti, minulla on jotain mielenkiintoista asiaa", Tinja huikkasi heti kotiin astuttuaan ja ulko-oven kiinni vedettyään.

"Nelli sanoi, että jollain messuilla on kepparikisat..."

Tinja vaikeni ja katsoi valkoista myttyä äitinsä käsissä.

"Mikä tuo on?"

"Siitä tulee minun kepparini, minun ikioma pegasokseni", Emilia sanoi. "Äiti lupasi tehdä sen minulle nyt heti. Minäkin saan oman, upean, siivekkään kepparin."

"Niin. Minäkin nyt ihan innostuin tästä asiasta, kepparin teosta", äiti sanoi. " Tästä tulee Tuulea pienempi ja siivetkin ovat pienemmät. Panen niihinkin rautalangan, jotta ne lepattaisivat eivätkä vain roiku. Mitäs pidät?" Äiti kohotti kepparintekelettä Tinjan silmien eteen.

"Ihan kiva", Tinja sanoi hämmentyneenä eikä enää halunnut puhua keppihevosnäyttelystä mitään. Vaikka hän oli joskus pyytänytkin äitiä tekemään kepparin, ei tämä hänelle koskaan ollut tehnyt kepparia. Sitten Emilia saa ensimmäisen äidin tekemän kepparin. Oliko se reilua? Hänhän se keppareita harrasti. Emilia oli vasta pikkulapsi.

Vasta illalla Emilian mentyä jo nukkumaan hän otti keppihevosnäyttelyn puheeksi äidin edelleen puuhatessa Emilian uuden kepparin parissa.

"Nelli sanoi, että eräillä messuilla on joskus syksymmällä keppihevosnäyttely. Siis jonkinlaiset kisat. Nelli on joskus osallistunut sellaisiin. Sinne saa ottaa oman kepparin mukaan ja esittää sen tai ratsastaa sillä. Ohjelma vaihtelee vuosittain. Nelli menee sinne äitinsä kanssa. Haluaisitko sinäkin sinne? Minä haluaisin mennä."

"En oikein tiedä. Katsotaan lähempänä", äiti vastasi hajamielisenä.

"Pääsisinkö sitten Nellin ja hänen äitinsä kanssa, jos sinä et ehdi?" Tinja kysyi hieman levottomana.

"No, jos se heille sopii, siis hänen äidilleen. Pysytte sitten yhdessä, et lähde yksin mihinkään."

"Joo. Tottakai. Kiitos äiti", Tinja hymyili äidilleen lyhyesti ja kiiruhti yläkertaan huoneeseensa.

Sinä iltana oli vaikea saada unta. Tinja kuvitteli itsensä kepparikisojen voittajaksi tai sitten hän näki itsensä kompastumassa tai kaatumassa, kun hän yritti esittää ihan vain tavallista pohkeenväistöä.

Uni olikin levoton sinä yönä.

(jatkuu sivulla 104)

Hän oli jälleen Marmorin selässä ja hän ratsasti jopa seuduille, joilla hän ei ollut ennen käynyt, mutta missään ei näkynyt jälkeäkään siivekkäistä hevosista. Koskaan ne eivät olleet olleet näin kauan poissa. Tinja oli huolissaan. Oliko jotain sattunut? Mikä piti ne poissa niityltä, joka oli niille tärkeä tukikohta?

(jatkuu sivulla 107)

3. Itsetehty keppihevonen?

Viikon kuluttua koulu alkoi. Aamulla herätessään Tinja mietti jälleen kerran, minkä kepparin ottaisi mukaansa messuille. Harmo oli hänelle rakkain, mutta vino turpa ei ehkä viehättäisi arvostelijoita. Tuule oli erikoinen, mutta se oli jo tosi vanha. Sukasta tehty Walensia oli hänestä itsestään erinomainen, mutta se taas ei ollut mitenkään näyttävä.

Vai pitäisikö hänen tehdä itse uusi keppari? Se voisi olla kivaa. Mutta millaisen hän tekisi? Pitäisikö sen muistuttaa jotakin oikeaa hevosrotua?

Sellaisia pohtien Tinja pesi hampaansa, söi aamiaisen ja käveli kouluun. Koulun pihalla Nelli juoksi häntä vastaan.

"Löysin eilen netistä jotain tietoa siitä, millaiset

kepparikisat tänä vuonna ovat."

"No, kerro!"

"Siellä on luokat rotuhevosille ja fantasiahevosille, mutta harmi kyllä, tänä vuonna ei mainittu tuunattuja keppareita. Sinähän osallistut varmaan Tuulella, eikö niin?" Nelli selitti innokkaasti.

"Mitä tuunatut kepparit tarkoittaa?" Tinja kysyi vastaamatta Nellin kysymykseen Tuulesta.

"No sitä kai, että jos kepparin on ostanut jostain, niin itse tekee sille suitset tai koristelee sen tai jotain. Viime vuonna en osallistunut siihen, koska en tiennyt, mitä se tarkoittaa, ja nyt sitä ei olekaan. Sinne voi nyt viedä useammankin kepparin, jos haluaa. Niin, ja sitten he valitsevat noin 10 parasta, jotka saavat esiintyä ja heistä valitaan neljä palkittavaa. Aion ottaa osaa rotuhevosluokkaan Falialla. Se on saksanratsuponi ja tein sen kanssa paljon töitä, jotta se muistuttaisi oikeaa tosi hyvin. Kai sinä osallistut Tuulella?"

"En tiedä. Täytyy miettiä", Tinja sanoi ja pohti mielessään, ehtisikö vielä tehdä kepparin.

Kello soi ja koulupäivä alkoi.

Se päivä sujui yllätyksittä, mutta perjantaina heillä oli teknistä työtä ja Ari-opettaja lupasi, että he saisivat itse päättää mitä tekisivät puutyönä. Tinja mietti ensin haluttomasti keksimättä mitään, kunnes yhtäkkiä hän tajusi, että siinä oli hänen tilaisuutensa tehdä esteet. Hän pohti ja piirsi esteet, pidikkeet ja puomit ja Ari hyväksyi hänen suunnitelmansa. Onneksi Ari-ope oli niin reilu.

Illalla Tinja vetäytyi huoneeseensa, otti piirustusvihon käteensä ja luonnosteli hevosenpäitä. Hän oli jo kehittynyt taitavaksi hevosten piirtämisessä, mutta tänään mikään kuva ei häntä tyydyttänyt.

Tinja irrotti piirtämänsä arkit vihkosta, rutisti ne käsissään ja heitti roskakoriin. Silloin hänen katseensa kiinnittyi nurkassa kyyhöttävään Tuuleen.

Tinja otti pitsisen kepparin käsiinsä ja levitteli sen siipiä. Mieleen tulvahtivat muistot kesästä, jolloin hän oli lentänyt Tuulella kuin toisessa maailmassa. Äh, satuahan se oli, mielikuvitusta.

Sen kummemmin ajattelematta Tinja istahti Tuulen selkään, pyöri pienessä huoneessaan ympäri, laukata kun ei voinut. Hän pyöri ja pyöri...

(jatkuu sivulla 115)

Tinja seisoi tapansa mukaan niityllä katsellen vuoroin taivaalle, vuoroin niityn toiseen päähän. Välillä katse kierteli niityn laitoja kuin odottaen siivekkään hevosen ilmestyvän tällä kertaa metsästä.

Pitkään aikaan mitään ei tälläkään kertaa näkynyt. Ei laukkaavien hevosten kavioiden kopsetta, ei siipien havinaa. Aikoessaan juuri poistua niityltä Tinja huomasi jotakin valkeaa niityn toisessa laidassa.

Jääden hiljaa tarkkailemaan lähestyvää valkoista laikkua Tinja tahtomattaankin ymmärsi sen olevan liian pieni Tuuleksi. Tinja seurasi katsellaan hevosen kulkua itseään kohti.

Se oli varsa, pegasos-varsa. Siksi se laukkasi eikä lentänyt. Pienet siivet eivät vielä kantaneet pitkiä lentomatkoja.

Varsa pysähtyi vähän matkan päähän hänestä ja selvästi tarkkaili häntä.

"Olen ystävä, Tinja. Tunnen Tuulenimisen pegasoksen. Tiedätkö missä hän on?" Tinja kysyi hiljaa, ystävällisellä äänellä.

Varsa nosti päätään ja hirnahti. Tinja tulkitsi sen myöntäväksi vastaukseksi.

"Miksi liikut yksin? Missä vanhempasi ovat?" Tinjasta oli hyvin huolestuttavaa, että varsa oli liikkellä ilman vanhempiaan. Niin kauan kuin siivet eivät vielä kantaneet kunnolla pieniä pegasoksia jompikumpi vanhemmista oli yleensä aina lähellä varsaansa.

Varsa hirnui, otti askelia sinne-

päin, mistä oli tullut, tömisti jalko-
jaan.

Tinja meni lähemmäksi varsaa pyr-
kien katsomaan sitä silmiin. Nähdes-
sään niissä pelon, hän ymmärsi, ettei
kaikki tosiaankaan ollut hyvin.

Hän aikoi vielä koskea varsaan,
sillä hän muisti hyvin, miten oli ym-
märtänyt Tuulea ollessaan tämän kanssa
kosketuksissa, mutta varsa oli levo-
ton. Se hyppelehti ja lennähteli, py-
rähteli eteenpäin ja alkoi näin ohjata
Tinjaa kohti metsän rajaa.

Tinja lähti seuraamaan pientä eloi-
saa varsaa niityn poikki. Varsa ley-
hytteli välillä siipiään, kohosi het-
keksi lentoon, mutta laskeutui no-
peasti alas. Se ei selvästikään ollut
vielä mikään taitava lentäjä. Siivet
eivät vielä kunnolla kantaneet sitä ja
sen piti harjoitella pienin pyräh-
dyksin.

Kun he tulivat niityn laitaan ja varsa kirmasi puiden välistä metsään, Tinja epäröi. Täällä hän ei ollut koskaan ollut. Hän ei tuntenut seutua lainkaan. Varsa kuitenkin vain pinkoi eteenpäin ja hänen olisi pian seurattava sitä, ettei kadottaisi sitä näkyvistään.

Tinja tiesi auringon jo olevan laskusuunnassa ja metsä olikin jo vähän hämärä. Varsa puikkelehti luontevasti puiden lomitse. Tinjan kulku sen sijaan oli hidasta, koska hänen piti katsoa jalkoihinsa ja astua varovasti. Kuusen oksat raapivat hänen käsivarsiaan ja varvut pistelivät. Varsa kuitenkin aina välillä katsoi taakseen ja tarvittaessa odotti häntä.

"Mihin sinä viet minua? Kauanko tämä vielä kestää?" Tinja puuskahti hengästyneenä, mutta varsa vain kiiruhti eteenpäin kunnes pysähtyi sitten.

Tinja tuli sen vierelle ja huomasi suuren ja korkean kallioseinämän, jonka edessä oli raskaat tammiovet. Ne oli kiinnitetty kallioon ja ne sulautuivat siihen erinomaisesti. Tinja käveli ovien luo ja näki painavan lukon kahlitsevan oven puoliskot toisiinsa.

Varsa hypähteli ja lähti kiertämään kallioseinämää oikealle päin. Seinämä vaihtui kivikoksi. Varsa lennähti kivien päälle. Tinja seurasi sitä ja huomasi kolon kallion ja kivikon välissä. Hän ei siitä mahtuisi, mutta näkisikö hän siitä luolaan?

Varsa tuijotti suoraan koloon ja hirnui. Tinja ei yllättynyt, kun sisältä kuului hirnuntaa. Tinja astui varovasti kivien päälle tunnustellen niiden paikoillaan pysyvyyttä. Kun hän sai kasvonsa aukon tasalle, hän yritti kurkkia sisään, mutta ei pystynyt hahmottamaan pimeydestä mitään.

"Tuule, Tuule, oletko siellä? Minä täällä, Tinja!" Tinja huusi.

Samassa tutun ja rakkaan hevosen pää ilmestyi aukolle.

"Voi Tuule", Tinja kietoi kätensä pegasoksen pään ympärille kyynelten vieriessä hänen kasvoilleen. "Miten sinä täällä olet?"

Silloin kuvat alkoivat liikkua hänen mielessään, kuinka pegasokset oli johdettu harhaan. Sinne tänne oli ripoteltu märäheinää, pegasosten herkkua, jota kasvoi vain harvoissa paikoissa ja joka siksi oli hyvin harvinainen herkku pegasoksille. Tuolla kertaa se oli ollut joillekin ensimmäinen kerta, kun ne olivat saaneet maistaa märäheinää. Kerran sitä maistettuaan ne eivät muuta osanneet halutakaan, ja kun sitä oli ripoteltu sinne ja tänne, pegasokset kulkivat sen osoittamaan suuntaan eivätkä kunnolla huomanneetkaan luolaan menoaan, eivät edes silloin, kun ovi oli hiljaa painettu lukkoon. Vasta kun märäheinät oli syöty ja sen aiheuttama lumous oli haihtunut, ne tajusivat olevansa ansassa, vangittuina luolaan.

"Kuka sen teki?" Tinja kysyi ymmärtämättä, kuinka kukaan kykeni moiseen julmaan tekoon.

Silloin hänen mieleensä tuli rikas, laajoja tiluksia omistava mies.

"Mutta miksi? Miksi kukaan tekisi sellaista julmuutta?"

Mies oli vihainen pegasoksille, koska hän ei kyennyt hallitsemaan niitä. Hän halusi alistaa lauman oman tahtonsa alle, mutta ei ollutkaan uskaltanut avata ovea sen jälkeen, kun oli sulkenut sen. Ihmetteli kai onnistumistaan eikä tiennyt miten jatkaa.

Mutta pegasokset halusivat vapaiksi. Luolassa virtaava puro oli pieni ja uhkasi jo ehtyä, heinää sinne oli laitettu vain vähän. Pegasokset olivat jo epätoivoisia.

Silloin Tuule oli keksinyt lähettää pienen varsan liikkeelle, etsimään pelastajaa, Tinjaa. Varsa oli mahtunut pienestä kallionkolosta ja löytänyt Tinjan ja Tinja oli tullut. Nyt niillä oli toivoa.

"Miten voin pelastaa teidät? En osaa murtaa lukkoja", Tinja pohti tuskaisena.

Tuule auttoi häntä ymmärtämään. Vuorilla asui yksisarvinen, Sinisarvi. Sen sarvessa oli taikavoimia. Se voisi sarvellaan avata lukon.

"Selvä, minä lähden etsimään sitä. Vuorilla en tosin ole koskaan käynyt", Tinja sanoi.

Viimeiseksi Tinja ymmärsi, että perille pääsyä oli tahdottava enemmän kuin poispääsyä missään vaiheessa,

vain siten voisi päästä yksisarvisen
luo...

(jatkuu sivulla 118)

Tekisikö hän fantasiakeppihevosen? Tinja heittäytyi sängylleen ja levitteli Tuulen siipiä. Fantasiahevonen olisi ehkä kuitenkin kivempi tehdä kuin aidonkaltainen. Nelli sellaisista tykkäsi, kun taas Tinjaa viehätti juuri erikoisuus, tavallisesta poikkeavuus.

Millaisia fantasiahevosia sitten oli pegasosten lisäksi? Yksisarvisia tietysti, ehkä värikkäitä keppareita tai raidallisia, ruudullisia. Tinjaa alkoi naurattaa, kun hän ajatteli, miten hassunkin keppihevosen voisi tehdä. Mutta ei, hän ei halunnut hassutella. Hän tekisi yksisarvisen. Se olisi kuitenkin arvokas olento eikä hänellä vielä ollut sellaista. Pitäisikö sen olla valkoinen? Sarven pitäisi jollain lailla kiiltää. Niin se kiilsikin hänen kuvissaan, sädehti sinisenä vaaleansinistä valoa. Siitä hän jo keksi nimen kepparilleen. Siitä tulisi Sinisarvi.

4. Keppihevosen tekoa

Seuraava päivä oli lauantai.

"Äiti, äiti!" Tinja huusi ravatessaan aamulla portaita alakertaan. "Haluan tehdä uuden kepparin. Siitä tulee yksisarvinen. Onko meillä kangasta siihen ja miten tekisin sen sarven?"

"Vai yksisarvinen? Sehän olisi hyvä kaveri Tuulelle, fantasiakeppihevonen. Katso sieltä kangaspussista. Tosin siellä ei taida enää olla kovin isoja paloja."

Tinja haki komerosta kangaspussin, levitteli kankaat lattialle ja huomasi pian äidin olleen oikeassa. Mitään sopivan värisiä isoja paloja ei ollut eikä hän halunnut tehdä tästä hevosesta mitään tilkkuhevosta. Hän halusi valkoisen hevosen.

"Äiti, ei tässä tosiaan ole mitään hyvää kangasta", Tinja sanoi pettyneenä.

"Minkä värisen haluat tehdä siitä?"

"Valkoisen, ilman muuta. Sarvi voisi olla jotain muuta väriä, mutta pään pitää olla valkoinen."

"Minulla on kyllä yksi valkoinen sukantekele kesken. Siitä piti tulla sukka isällesi, mutta voisi siitä tehdä kepparinkin. Haluaisitko tehdä sen loppuun?"

"Näytä, millainen se on", Tinja pyysi.

Äiti haki keskeneräisen sukkakutimensa ja Tinja otti sen käteensä.

"Voisit tehdä sen tavallista sukkaa pidemmäksi", äiti ehdotti.

"Entä voisiko tätä sukanvartta jotenkin kuroa pienemmäksi, että se olisi helpompi sitoa keppiin?" Tinja kysyi.

"Voisit ottaa siitä muutamia silmukoita ja jatkaa sitä kutoen ihan kapean varren. Minä neuvon, kunhan ensin kudot sukan loppuun", äiti ehdotti.

"Selvä", Tinja sanoi ja alkoi kutoa sukkaa. Hän

oli joskus aikaisemminkin kutonut, joten hän tiesi mitä tehdä. Kudottuaan useita kierroksia hän alkoi lopulta kaventaa päättääkseen sukan terän. Silloin hän pudotti vahingossa silmukan ja se lähti purkautumaan alaspäin. Voi ei...

(jatkuu sivulla 119)

Aurinko oli jo selkeästi laskeutumassa ja ilma viilentynyt. Tinja oli kulkenut eteenpäin luolalta kohti vuorta pegasosvarsan kulkiessa välillä hänen edellään, välillä hänen rinnallaan. Tähän asti hän oli jaksanut kulkea hyvin ja hän oli jo päässyt kovaksi tallautuneelle polulle, joka kulki pitkin vuoren rinnettä.

Tinjan kävellessä varsan perässä hän yhtäkkiä kaatui ikään kuin jokin olisi tarttunut hänen jalkoihinsa ja kiskaissut hänet maahan. Hän tunnusteli nilkkojaan ja huomasi köynnösten varsien kiertyneen hänen nilkkojensa ympärille. Hän koetti irrottaa niitä, mutta ei onnistunut. Vasta kun pikku pegasos kiiruhti hänen luokseen ja asetti kavionsa hänen nilkkojensa päälle, köynnökset irtosivat.

Tinja jatkoi matkaa varovasti, jotta mikään salakavala köynnös ei enää kamppaisi häntä.

(jatkuu sivulla 120)

Onneksi äiti osasi pelastaa silmukan. Tinja katseli vierestä oppiakseen itsekin ja otti sitten tyytyväisenä työnsä takaisin. Hän päätteli loput silmukat kunkin vuorollaan ja käänteli sitten tyytyväisenä valmista sukkaa käsissään.

"Äiti, miten siis kuroisin tätä vartta, että saisin siitä kapean keppiä varten?" Tinja kysyi.

"Katsos näin. Teet langalla silmukan kustakin silmukasta varren suusta. Kudo muutama kierros kaventaen muutamassa kohtaa. Sitten alat kaventaa useammin, vaikka joka neljännen silmukan pois.

119

Seuraavalla kierroksella teet samoin ja seuraavalla, kunnes jäljellä on mielestäsi tarpeeksi kapea varsi. Sitä sitten kudot sen verran, että siitä kohdin on hyvä sitoa pää keppiin kiinni."

Tinja otti varovasti silmukat puikoille. Samassa hänestä alkoi kuitenkin tuntua siltä, ettei hän jaksaisi kutoa enää silmukkaakaan.

(jatkuu sivulla 121)

Polku jyrkkeni ja Tinjasta tuntui, ettei hän jaksaisi enää askeltakaan eteenpäin. Pikku pegasos oli pysähtynyt ja katseli Tinjaa, mutta Tinjasta tuntui, että hän halusi vain vaipua polulle lepäämään.

Tuulen kuva lepatteli hänen silmiensä edessä, Tuule vapaana ja lentämässä, Tuule onnellisena... Tuule vangittuna.

"Ei, minun on jaksettava."

Kaiken tarmonsa keskittäen hän ryömi polkua ylöspäin askel askeleelta, hetki hetkeltä. Pikku pegasos asteli muutaman askelen päässä hänen edellään kääntyen aina välillä katsomaan häntä. Niin he etenivät hitaasti, kunnes Tinja tunsi voivansa taas kävellä.

(jatkuu sivulla 127)

Tinja kutoi ja kutoi silmukan toisensa perään, vaikka ei enää olisikaan jaksanut. Silmukat vähenivät kaventamisen myötä ja lopulta viimeiset kierrokset sujuivat nopeasti.

"Tässä tämä nyt on!" Tinja sanoi lopulta tyytyväisenä käännellessään käsissään valmista, mutta vielä velttoa ja löysää kepparin päätä.

"Se näyttää hassulta", sanoi paikalle tullut Emilia.

"Tietysti, kun sitä ei ole vielä täytetty."

"Pitäisitkö minulle kohta kepparitunnin?" Emilia kysyi.

"En ehdi tänään. Joskus toiste", Tinja sanoi. "Onhan meillä täytteitä, äiti?"

"Ehkä siellä alahyllyllä on", äiti sanoi.

121

Tinja meni tutkimaan komeron alahyllyä ja löytyihän sieltä avattu täytepussi.

"Joo, on täällä. Toivottavasti tämä riittää", Tinja sanoi ja sulloi innoissaan täytettä kepparinsa sisään. Olisi jännittävää nähdä, miltä keppari näyttäisi valmiina. Hyvältähän se näytti. Päästä tuli aika iso, mutta se sopi Tinjasta tälle yksisarviselle hyvin.

"Taidan virkata sille kolmiomalliset korvat samasta valkoisesta langasta", Tinja tuumi ja ryhtyi toimeen. Virkkaaminen tuntui kivalta vaihtelulta äskeisen neulomisen jälkeen. Hän kiinnitti korvat useilla pistoilla hevosen päähän.

"Entä harja? Haluaisin tehdä siitä vaaleansinisen, mutta onko meillä lankaa? Entä sarvi sitten? Miten sen saisi pysymään topakasti pystyssä?"

"Jaa, ei meillä ole mitään vaaleansinistä lankaa. Mennään kauppakeskukseen. Siellä on yksi kiva lankaliike", äiti sanoi.

Myöhemmin samana päivänä Tinja katseli lankakaupan hyllyjä. Joka puolella näkyi mitä ihmeellisimpiä lankoja. Samassa langassa saattoi olla vihreää, valkoista ja sinistä tai punaista monessa eri sävyssä. Eräs lanka oli kuin pitsiä. Kimaltelevaan vaaleansiniseen lankaan oli sijoiteltu pienin välimatkoin pyöreitä kimaltavia levyjä. Entä jos sarven kutoisi tai virkkaisi?

"Äiti, ostetaan myös tätä lankaa. Siitä voisi tehdä sarven ja ehkä sitä voisi panna harjaankin.

"Se on liian ohutta pelkästään harjaksi. Otetaan tuota paksumpaa vaaleansinistä lankaa ja ommellaan sen joukkoon joitakin pätkiä tätä kimaltelevaa lankaa."

"Joo. Tehdään niin!" Tinja sanoi ja näki jo silmissään vaaleansinisen harjan hulmuavan ja kimaltelevan.

Sinä iltana Tinja ensin leikkasi langoista sopivan pituiset pätkät ja sitten ompeli ne kiinni hevosen päähän. Hän ompeli monen monta pistoa, jotta harja varmasti pysyisi päässä, eikä lähtisi karva kerrallaan irtoamaan. Oi, miten ihanalta tuleva yksisarvinen näyttikään nyt, kun se oli jo lähes valmis.

Oikeastaan siltä puuttui enää vain sarvi ja silmät.

"Nyt nukkumaan", äiti kehotti.

"Mutta tältä puuttuu enää vain sarvi ja silmät", Tinja valitti.

"No, onpahan sinulla huomennakin jotain tekemistä. Olet tänään ommellut jo niin paljon, että nyt on paras mennä nukkumaan. Saat sarvesta sitten mahdollisimman hyvän, kun teet sen aamulla virkeänä."

"No, hyvä on", Tinja sanoi, söi hieman iltapalaa, pesi hampaansa ja meni nukkumaan. Hän otti ompelemansa hevosen pään huoneeseensa ja asetti sen hellästi tuolille. Ennen nukahtamistaan hän kuvitteli kepparinsa valmiina ja vähitellen hän alkoi kuvitella oikeaa yksisarvista, jota hän lähestyi varovasti, kunnes hän nukahti kesken kaiken.

5. Keppihevosen viimeistely

Seuraavana aamuna Tinja alkoi heti aamiaisen jälkeen virkata sarvea. Hän virkkasi kerros kerrokselta kapenevaa sarvea ja hämmästyi itsekin lopputulosta. Sarvi kimalteli. Se kapeni teräväksi, mutta se ei satuttaisi ketään, koska se oli pehmeä. Hän kiinnitti sen pienin tihein pistoin hevosensa päähän ja alkoi sitten miettiä silmiä.

"Äiti, miten saisin pilkettä hevoseni silmiin?" Tinja kysyi.

"Ota helmi silmäksi", sanoi silloin Emilia, joka itse pujotteli juuri helmiä nauhaan.

"Helmi?"

"Niin. Katso tätä. Tämä on kuin pieni jalokivi",

Emilia näytti kimaltelevaa helmeä siskolleen.

"Onko niitä enempää?" Tinja kysyi ottaessaan helmen käteensä.

"Tässä on", Emilia antoi toisen jalokivihelmen Tinjalle. "Minusta olisi kiva, jos joskus opettaisit minua. Haluaisin estetunnille."

"Joskus joo, mutta ei nyt", Tinja sanoi hieman harmissaan, kun taas kieltäytyi, mutta toisaalta tyytyväisenä, sillä Emiliaa oli yleensä hankala opettaa.

Tinja leikkasi vaaleansinisestä huopakankaasta pohjat, joille hän kiinnitti helmet pistoin. Sitten hän liimasi ne kiinni. Niin hevonen sai silmätkin.

Oma yksisarvinen oli niin ihana! Tinja halasi hevostaan pitkään. Enää puuttui vain keppi.

"Ostin Emilian kepparia varten harjanvarren. Sahasin sen puoliksi ja voit ottaa sen toisen puolikkaan. Se on ulkovarastossa. Ensi kesänä voisimme katsoa sopivia keppejä keppihevosille mökiltä karsituista puista", äiti sanoi.

Tinja haki ulkovarastosta harjanvarren puolikkaan ja sovitti pään paikoilleen.

"Emilia auta, että saan kiristettyä tämän langan tarpeeksi tiukalle", Tinja pyysi ja yhdessä tytöt saivat kepparin viimein valmiiksi.

"Se on upea!" Emilia huudahti ja mietti mielessään, että hänkin tahtoisi sellaisen, mutta tuskin Tinja sellaista hänelle tekisi ja äiti oli juuri tehnyt Vilkkeen, pienen pegasoksen.

"Kiitos. Taidan mennä heti kokeilemaan tätä."

Tinja pukeutui ulkovaatteisiinsa ja lähti ulos kepparinsa kanssa. Oli tuulinen sää. Hän kierteli ensin leikkipihalla ja ravasi sitten läheiseen metsikköön.

(jatkuu sivulla 130)

Pikku pegasos pysähtyi polulla kohtaan, missä vasemmalla kallio nousi ja edessä polku kulki isojen kivien välissä. Siellä täällä näkyi ruohotuppaita.

Samassa Tinja näki edessään pienen olennon, menninkäisen. Sillä oli toisessa jalassa keltainen ja toisessa

punainen sukka, vihreä nuttu ja har-
maat housut ja pipo. Vaikka se oli
hieman oudonnäköinen, kapeakasvoinen
ja pitkänenäinen, sen silmissä oli ys-
tävällinen katse.

"Mee tuun mest? menninkäinen sanoi
pegasosvarsalle.

Pegasos yllättäen hirnahti laulaen.
Tinja kuunteli kaunista laulua, mutta
ei ymmärtänyt.

"Tästä ei ole menemistä", mennin-
käinen murahti Tinjalle, kun tämä
yritti mennä menninkäisen ohi.

Tinja kyykistyi katsoakseen mennin-
käistä silmiin sanoessaan lempeällä
äänellä:

"Minun on löydettävä vuorten yksi-
sarvinen, Sinisarvi. Pegasosystäväni
Tuule, Tuulenleimahdus, on vangittu
luolaan muiden pegasosten kanssa. Vain
yksisarvinen voi auttaa heitä."

Menninkäisen katsellessa häntä hiljaa arvioiden paikalle astui suuri, mahtava yksisarvinen.

Pää uljaasti koholla yksisarvinen sanoi menninkäiselle:

"Anna hänen tulla. Kuulin jo pegasoksen laulun. Tuule on ystäväni. Minä lähden auttamaan."

Näitä sanoja Tinja ei kuullut. Hän vain ymmärsi ne katsoessaan yksisarvisen loistoa. Sarvi kimalsi, vaaleansininen harja säihkyi ja karvapeite loisti kirkkaana.

Tinja lähestyi varovasti yksisarvista. Tämä antoi hänen ystävällisesti koskettaa itseään. Tinja painoi päänsä sen kaulalle ja ymmärsi: heidän tuli nyt jatkaa matkaa yhdessä, Sinisarvi ja hän. Hän nousi Sinisarven selkään.

Tinja otti kiinni Sinisarven tuuheasta harjasta ja painoi päänsä siihen. Se tuoksui kukkasilta.

Aivan kuten Tuulenkin selässä Tinja tunsi nyt olonsa onnelliseksi ja varmaksi, pelottomaksi. Jotain muutakin hän tunsi, iloa, ilkikurisuutta. Sinisarvi oli ilon hevonen.

Matka alaspäin sujui joutuisasti. Tinja huomasi, kuinka kasvit polulla väistyivät syrjään Sinisarven tieltä. Pikku pegasos pyrähteli edellä.

Oli jo myöhäinen ilta, melkein yö, kun he pääsivät alas vuorelta. Hämärä oli jo peittänyt metsän, joka odotti yötä hiljaa. Yksisarvisen sarvi loisti kuitenkin valoa ja valaisi heidän tietään halki metsän. Täälläkin kasvit väistivät yksisarvista, jos kykenivät.

(jatkuu sivulla 146)

Myöhemmin samana päivänä hän esitteli kepparinsa ylpeänä Nellille.

"Se on kyllä hieno. Toivottavasti sijoitut sillä ja toivottavasti minäkin sijoitun", Nelli sanoi ja silitteli

Sinisarvea.

"Kun nyt edes pääsisin esittelemään Sinisarven, sitä toivon kovasti."

Viimeiset viikot ennen keppihevosnäyttelyä sujuivat hitaasti. Onneksi viikottaiset ratsastustunnit olivat jo alkaneet. Tallille oli tullut uusi poni nimeltä Marmori. Tinja oli jo ennättänyt ratsastaa sillä ja se oli osoittautunut oikein mukavaksi poniksi.

Koulussa Tinja odotti teknisen työn tunteja. Hän suunnitteli ja mittaili, sahasi ja hio ja lopulta estepidikkeet alkoivat hahmottua. Pystysuoraan pidikkeeseen tehtiin leveä neliönmuotoinen alusta, jonka avulla se pysyisi pystyssä. Kolot pidikkeisiin hän teki tarkasti 10 cm välein. Koloihin työnnettiin pienet läpykät, joiden varassa estepuomien tuli pysyä. Niitä oli vaikea saada paikoilleen, mutta onnistui se lopulta.

Maalaamisesta Tinja nautti eniten. Hän maalasi estepidikkeet sinisiksi ja estepuomit punavalkoisiksi. Kun ne olivat valmiit ja maali kuivunut, hän sai viedä ne kotiinsa ja niin hän hyppeli tyytyväisenä uusien esteittensä yli vuorotellen kaikilla keppareillaan.

Sinisarveakin piti valmistella kisoja varten. Tinja valmisti sille jalokivitarroin koristellut suitset ja kokeili erilaisia tapoja kiinnittää Sinisarven harja.

"Emilia, mitä mieltä olet? Olisiko tällainen paras? Vain muutama letti ja harja muuten vapaana?" Tinja kysyi lopulta epätoivoissaan Emilialta tehtyään useat sykeröt ja letit ja purettuaan ne ja päädyttyään lopulta yksinkertaiseen tyyliin.

"Minusta tuo on kyllä paras kaikesta siitä, mitä olet yrittänyt. Tottakai sen harja hulmuaa vapaana. Se on vapaa hevonen, yksisarvinen, oman tiensä kulkija", Emilia pohti turhankin viisaasti Tinjan mielestä.

"Minäkin olisin halunnut osallistua Vilkkeen kanssa, mutta äiti ei vieläkään tiedä, ehtiikö hän", Emilia lisäsi hieman harmissaan.

"Tulette sitten jos ehditte. Minä menen Nellin kanssa, että varmasti ehdin kisaan mukaan", Tinja sanoi, vaikka häntä hieman harmitti Emilian puolesta.

Kännykkä piippasi ja Tinja vilkaisi viestiä:

"Se on Emma. Hän antoi virtuaalitallinsa netti-osoitteen. Sitä on mentävä heti katsomaan. Paitsi että voisin ensin ottaa kuvan Sinisarvesta ja lähettää sen hänelle."

Emilia piteli Sinisarvea ja Tinja otti kännykällään pari kuvaa. Emma viestitti tykkäävänsä siitä kovasti. Sitten Tinja etsi netistä Emman kepparitallin ja katseli Emilian kanssa Emman aikaansaannosta.

"Tallin nimi on *Kultaisen karvan talli*. Emma on näemmä tehnyt yhden uuden ponin. Kesällä en ainakaan nähnyt tällaista. Se on täysin sininen ja katso sillä on siivet, tosin lyhyemmät kuin Tuulen. Sen rotu on pegasos, niin tässä lukee. Kesällähän Emma pohti siivekkään hevosen tekemistä, joten hän siis toteutti aikeensa. Sen turpakaan ei näytä vinolta, joten Emma onnistui tällä kertaa ompelemisessaan."

"Se sopisi minulle, se ainakin näyttää pienemmältä kuin Tuule. Saisinkohan minäkin mennä ensi kesänä mummon mökille? Näkisin sitten kaikki nämä Emman kepparit oikeasti ja ne äidin vanhat siellä mökillä", Emilia pohti.

"Katsotaan sitten kesällä, kuinka monta tyttöä mummo jaksaa ottaa vastaan tai jos mennään koko perheenä", äiti huikkasi.

"Äiti, minäkin haluan tehdä keppareistani virtuaalitallin, mutta ehkä sitten niitten kepparikisojen jälkeen. Minun pitäisi ensin ottaa hyviä kuvia niistä", Tinja sanoi.

"Joo. Katsotaan sitä sitten vähän myöhemmin", äiti lupasi.

6. Rotukeppihevosnäyttely

Lopulta tuo odotettu kepparikisapäivä vihdoin koitti. Messut alkaisivat jo kymmeneltä, joten yhdeksään mennessä Tinja oli pakannut mukaansa kaksi isoa palaa itse täyttämäänsä patonkia, omenan ja täyden vesipullon.

"Hei hei. Lähden nyt Nellin luo. Jos ette tule messuille, tulen heidän kanssaan joskus iltapäivällä takaisin. Tuletteko te?" Tinja kysyi lähtiessään.

"Selvä", äiti vastasi hajamielisenä papereittensa äärestä.

Se ei ollut oikea vastaus, mutta Tinja lähti Nellin

luo valmiiksi pakattu reppu selässään ja Sinisarvi oikeassa kädessään.

Tinjan ei tarvinnut soittaa ovikelloa, sillä Nelli oli jo ulkona keppihevostensa kanssa.

"Hei. Hyvä kun tulit jo. Lähdemme heti, kun äiti tulee."

"Selvä. Sinä otit näemmä osallistujat sekä fantasia- että rotuhevosluokkaan."

"Joo. Eikö olekin hauskat siivet? Tein ne vasta eilen illalla ja pistin ne Figarolle", Nelli sanoi ja Tinja tarkasteli kankaasta ommeltuja ja täytteellä täytettyjä siipiä. Kaksi koneommelta keskellä siipeä estivät sitä näyttämästä pullealta tyynyltä.

"Ihan kiva lopputulos", Tinja totesi rehellisesti. "Ei niin ilmava kuin Tuulen siivet, mutta siiven näköiset kyllä."

"Kiitos", Nelli sanoi.

"No niin tytöt, lähdetään", Nellin äiti tuli ulos ja käveli autoa kohti.

Tytöt asettivat kepparinsa hellästi tavaratilaan, vaikka Tinja olisi mieluummin pitänyt kepparinsa koko ajan käsissään.

"Ajattele, jos me pääsisimme esiintymään. Se olisi tosi hienoa. Harjoittelin eilen illalla, millaisen esityksen tekisin."

"Ai jaa", Tinja sanoi, mutta ei uskaltanut tunnustaa, ettei hän ollut harjoitellut esiintymistä, kun oli epävarmaa, pääsisikö siihen edes.

Sisäänpääsymaksun maksettuaan he lähtivät etsimään keppihevosnäyttelypaikkaa. Matkan varrella he näkivät vasikoita ja lampaita aitauksissaan. Sitten tuli vastaan hevosia ja varsoja. Niitä he pysähtyivät ihailemaan joksikin aikaa.

Sitten he näkivät keppihevosnäyttelypaikan. Siellä oli valmiina joitakin kevyitä esteitä puomeineen ja jotkut jo hyppivät niitä.

Tinja vilkaisi kellonajan kännykästään. Heillä oli vajaa puoli tuntia aikaa ennen kuin ensimmäinen osuus alkaisi.

"Kokeillaanko vähän? Hypätään esteitä?" Nelli kysyi.

"Joo. Kokeillaan vaan", Tinja vastasi vakavana.

Esteitä oli viidessä kohtaa ja Tinja ja Nelli liittyivät toisten tyttöjen perään. Jännitys, jonka vallassa Tinja oli paikalle tullut, alkoi karista, ja Tinja ja Nelli hyppivät esteitä innoissaan.

Liiankin pian areenalle astui kisan juontaja Hede Kukinto. Nellin äitikin oli tullut katsomaan kisaa.

"No niin, aloittelemme näyttelyä", hän sanoi.

"Tuomarina kanssani on ratsastuksenopettaja Minna Kaivola. Ensin ovat vuorossa rotuhevoset. Tulkaapa tänne kiertämään kehää, niin valitsemme joukostanne jatkoon pääsevät. Fantasiakeppihevosten vuoro on kahden tunnin päästä.

Tinja saisi siis odottaa. Nelli jätti Figaron Tinjalle, otti Falian ja asettui kehää kiertävien tyttöjen joukkoon. Mukana oli pieniä tyttöjä, pari poikaakin, useita alakouluikäisiä tyttöjä ja jokunen selvästi yläkoululainenkin.

Tinjan mielestä Falia erottui hienosti joukosta. Nelli oli kuvioinut sen laikukkaaksi. Sen harja oli tuuhea ja sen valkoisen pään keskellä oli tumma laikku.

Jotkut olivat tulleet kaupasta ostetun kepparin kanssa, mutta ne näyttivät tusinatuotteilta taidokkaasti tai vähemmän taidokkaasti itse tehtyjen keppareiden rinnalla.

Sitten Hede ja Minna alkoivat ottaa kilpailijoita keskelle jatkoa varten. Pian Hede olisi Nellin kohdalla. Tinjalla oli peukut pystyssä kaverin puolesta. Jippii, Nelli pääsi jatkoon mukaan! Kynät jaettiin lohdutuspalkinnoksi niille, jotka eivät päässeet jatkoon.

Sitten seurasi kymmenen jatkoon valitun kilpailijan esittely.

"No niin, mikä sinun nimesi on?" Hede kysyi pieneltä ujon näköiseltä tytöltä, jolla oli tuuheaturkkinen keppari.

"Minerva", tyttö sanoi hiljaa.

"Ja minkäs rotuinen sinun keppihevosesi on?"

"Se on islanninhevonen", Minerva sanoi.

"Mikä sen nimi on?"

"Pomelo."

"Millainen se on luonteeltaan?"

"Se on aika säyseä ja kiva. Se ei koskaan ilkeile", Minerva sanoi jo hieman rohkeampana.

"Nyt saat esittää taitojasi sillä. Kenttä on vapaa, ole hyvä!"

Minerva alkoi ravata Pomelollaan. Sitten hän esitti muutaman taidokkaan pohkeenväistön, laukkasi ja hyppäsi lopuksi esteiden yli.

"Kiitos Minerva ja Pomelo", Hede jatkoi. "Sieltä sitten seuraava kilpailija."

Tinjan kädet hieman tärisivät ja hän huomasi jännittävänsä ystävänsä puolesta tämän astuessa esiin Faliansa kanssa.

"Ja sinun nimesi on?"

"Nelli ja tämä kepparini on nimeltään Falia", Nelli vastasi reippaasti.

"Ja Falia on rodultaan...?" Hede jatkoi.

"Se on saksanratsuponi."

"Millaiseksi kuvailisit keppariasi?" Hede kysyi vielä ja silitti hieman Falian harjaa.

"Se on hieman omapäinen ja sen kanssa saa olla tarkkana. Kesällä se mieluummin hamuilee vihreitä ruohotuppaita kuin kulkee eteenpäin. Jos se haluaa mennä esteen vierestä, sitä on miltei mahdotonta saada ylittämään este. Mutta olen saanut koulutettua sitä jonkin verran, tänään se varmaankin tahtoo hypätä esteitä."

"No niin, näyttäkää siis taitonne, Nelli ja Falia", Hede sanoi ja levitti toisen kätensä areenan suuntaan.

Nelli otti ensin muutaman askeleen käynnissä, siirtyi sitten raviin ja laukkaan ja hyppäsi kaikki esteet. Viimeisen esteen kohdalla tarkka katselija huomasi Falian yrittävän ohittaa esteen, mutta Nellin taitavassa ohjauksessa se kuitenkin ylitti sen. Lopulta Nelli ja Falia kumarsivat tuomareille Nelli osittain polvistuen ja Falia päätään taivuttaen.

Käsiään taputtaen Tinja kiirehti Nellin luokse tämän astuttua katselijoiden joukkoon.

"Se meni hyvin. Esiinnyit tosi hienosti. Jännititkö yhtään?"

"En paljoa. Tätähän me tehdään kotona melkein joka päivä. Nyt vaan oli vähän yleisöä."

"Vai vähän! Juuri nythän täällä on jo aika paljon yleisöä", Tinja sanoi ja katseli väkijoukkoa, joka oli kerääntynyt keppihevosareenan ympärille.

Tytöt seurasivat kisan loppuun. Nelli tykkäsi kovasti viidennen kilpailijan laikukkaasta paintkepparista, sillä laikukkaat ponit ja hevoset olivat ylipäätään hänen suosikkejaan. Tinja taas ihaili yhtä voikkoa, jonka harja oli letitetty hyvin taidokkaasti.

"Nyt on kilpailutulosten julkistamisen aika. Palkitsemme neljä osallistujaa", juontaja vihdoin kuulutti lyhyen tauon jalkeen, joka oli seurannut esiintymisiä.

Tinja ja Nelli kuuntelivat jännittyneinä. Neljäs sija meni Minervalle ja Pomelolle. Kolmanneksi tuli ruunikko, joka ei Nellin ja Tinjan mielestä näyttänyt kovinkaan kummoiselta. Sen ratsastaja oli tehnyt vaikeita kouluratsastustemppuja. Sen takia se kai sai kolmannen sijan.

"Ja toiseksi on selvinnyt Nelli kepparinsa Falian kanssa", juontaja kuulutti seuraavaksi.

Iloisena Tinja katsahti Nellin riemastuneisiin

silmiin ennen kuin tämä kiirehti juontajan luo vas-taanottamaan ruusukkeensa. Nellin äiti hurrasi ääneen. Tinja taputti käsiään niin, että niihin sattui.

Paint-keppari voitti ja sen omistajalle annettiin pieni palkintopokaali ruusukkeen lisäksi.

Seuraavan tunnin ajan Tinja ja Nelli kiersivät messualueella, taputtelivat poneja ja hevosia, ihas-telivat pieniä falabellahevosia, söivät eväitään ja katsoivat hetken alpakka-agilitya.

7. Fantasiakeppihevosnäyttely

Sitten oli fantasiakeppihevosnäyttelyn vuoro. Tinja ja Nelli valmistautuivat viimeistelemällä Sinisarven ja Figaron. Harjat ojennukseen ja vielä viimeinen varmistus siitä, että pää oli tukevasti kiinnitetty.

"Asettukaa kehään kepparinne kanssa, niin me tuomarit tulemme arvioimaan ja jututtamaan teitä. Teistä valitaan siis kymmenen loppukilpailuun", Hede selitti.

Tinja huomasi käsiensä tärisevän, mutta koska hän oli päättänyt yrittää parhaansa, hän pakotti itsensä rauhoittumaan. Kehän kiertäminen Nellin perässä rauhoitti häntä myös. Paikalla oli muutama kymmenen osallistujaa.

Vasta silloin hän huomasi, että Emiliakin oli mukana. Hänkin kiersi kehää pikku pegasoksensa kanssa. Tinja katseli yleisön joukkoon, huomasi äitinsä, joka vilkutti hänelle. Tinja hymyili vastaukseksi ja katsoi taas Emiliaa, joka hyppelehti Vilkkeensä kanssa.

Tinja ravasi ja kun muutkin menivät vauhdilla, hän sai otettua muutaman laukka-askeleenkin. Sitten tuomari Minna olikin jo hänen kohdallaan.

"Oletko itse tehnyt sarven?" Minna kysyi.

"Joo. Virkkasin sen", Tinja vastasi.

"Kaunis harja", Minna vielä sanoi.

"Kiitos."

Minna ja Hede kiertelivät vielä kyselemässä ja sitten he alkoivat ottaa loppukilpailijoita keskelle. Aivan hiljaa Tinja odotti. Valitut riensivät riemuissaan keskelle. Lopulta Minna osoitti Tinjaa ja iloisena hän kiiruhti toisten valittujen joukkoon. Nelli hieman hymyili hänelle, mutta näytti jo pelkäävän jäävänsä tämän kisan ulkopuolelle. Viimeisenä Hede otti Emilian loppukilpailuun. Hän hyppi riemusta tasajalkaa ja ja juoksi keppariaan ylhäällä pitäen juontajan luo. Nelli taas ei yrittänytkään peittää pettymystään.

Mukana oli värikkäitä, kirjavia hevosia, toinen yksisarvinen, jonka sarveen oli lisätty kimalletta, jota tuntui varisevan joka puolelle, ja pari siivekästä hevosta ja yksi musta hevonen, jonka ainoa fantasiaominaisuus näytti olevan kyykäärmeen näköinen hopeanvihreä kuvio, joka kiemurteli pitkin sen kaulaa ja turpaa.

Se aloitti kilpailun. Se oli rodultaan varjohevonen, Värim nimeltään. Sen omistajakin oli mustiin pukeutunut ja näytti jo yläkoululaiselta. Vaikka se oli toisaalta hieno keppari, se oli jotenkin synkän näköinen eikä se tehnyt Tinjaan mitenkään hyvää vaikutusta.

(jatkuu sivulla 148)

Tinja oli ratsastanut jo jonkin aikaa

hämärässä metsässä Sinisarven selässä kohti luolaa, kun hänestä yhtäkkiä tuntui, etteivät he olleet enää yksin. Hän vilkuili sivuilleen ja huomasi varjoisia vilahduksia. Aivan liian useita.

Hän yritti hoputtaa yksisarvista eteenpäin, mutta hevonen pysähtyi.

Silloin hän huomasi ne. Joka puolella heidän ympärillään oli mustia levottomia hevosia. Kaksi niistä sulki edessä heidän tiensä ja takana oli myös kaksi. Sivuilla niitä näytti olevan lukemattomia.

Peloissaan Tinja melkein tipahti Sinisarven selästä. He eivät voineet mennä mihinkään suuntaan.

Kun hän hautasi kasvonsa epätoivoissaan vaaleansiniseen harjaan, hän tunsi jälkeen Sinisarven voiman ja rohkeuden ja hän tiesi, että heidän tuli vain laukata eteenpäin.

Tinja kohottautui ja asettui tukevammin Sinisarven selkään. Yksisarvinen kohotti päänsä, sen sarvi loisti kirkkaasti valoa joka suuntaan. Kun he laukkasivat eteenpäin, Tinja huomasi mustien hevosten haihtuvan ilmaan. Ne olivatkin olleet vain varjojen hevosia.

Hän vilkaisi vielä kerran taakseen, mutta ei nähnyt enää missään hevosia tai niiden varjoja.

(jatkuu sivulla 149)

Seuraavaksi esiintyi toinen yksisarvinen. Sen sarvi oli kankaasta tehty ja se lerputti hieman. Harja oli tehty kirjavasta sinisestä langasta. Tinjan mielestä se oli liian sekavan näköinen, mutta sen omistaja esiintyi reippaasti ja sai paljon taputuksia. Muutaman muunkin esiteltyä kepparinsa oli hänen vuoronsa.

Tässä hän nyt oli Sinisarvensa kanssa. Odottelun jälkeen hän oli nyt täynnä intoa esiintymiseen.

"Mikä tämän ylvään hevosen nimi on?" Hede kysyi.

"Tämä on Sinisarvi. Olen tehnyt sen itse. Sarvi on virkattu", Tinja sanoi reippaasti suoraan juontajan ojentamaan mikrofoniin niin, että kaikki selvästi kuulivat hänen sanansa.

"Sarvesta päätellen se kuuluu yksisarvisiin", Hede jatkoi.

"Kyllä. Tämä on jalojen yksisarvisten rotua, valmis seikkailuihin, valmis puolustamaan hyvyyttä, oikeutta ja rakkautta", Tinja huomasi puhuvansa aivan muuta kuin mitä oli äsken ajatellut sanovansa.

"No niin, nyt voit esittää taitosi", Hede sanoi lopuksi.

Tinja aloitti. Hän ratsasti ensin kevyesti käynnissä. Sitten hän ravasi. Hän näytti kaunista pohkeenväistöä ja teki muutaman voltin. Hän ravasi taas ja sitten laukkasi kevyesti, kevyesti... yli esteiden.

(jatkuu sivulla 151)

Vihdoin Tinja ja Sinisarvi sekä pikku

pegasos olivat luolan edessä. Tinja
laskeutui ratsailta ja kiiruhti port-
tia kohti.

"Tuon takana ne ovat", hän sanoi
yksisarviselle.

Sinisarvi lähestyi porttia hitaasti
ympärilleen katsellen. Sitten se py-
sähtyi lukon kohdalle, taivutti pää-
tään niin, että sarvi kosketti lukkoa.
Siinä samassa aivan hiljaa lukko pu-
tosi palasina maahan.

Nyt portti oli helppo avata, vaikka
se olikin raskas. Yksi toisensa jäl-
keen siivekkäät hevoset astuivat ulos
vankilastaan. Kun Tuule viimein astui
ulos, Tinja riensi sen luokse. Hevonen
työnsi lempeästi turpansa Tinjan kai-
naloon ja Tinja tunsi, miten kii-
tollinen pegasos oli hänelle.

Sinisarvi ja Tuule katsoivat hetken
toisiaan ja hirnahtivat. Sitten Sini-
sarvi kääntyi takaisin samaan suun-

taan, josta oli juuri tullut. Tuule
otti Tinjan selkäänsä ja yhdessä he
palasivat tutulle niitylle.

"Minun on kiiruhdettava kotiin. Van-
hempani ovat varmasti jo huolissaan.
Toivottavasti olette vielä huomennakin
täällä", Tinja sanoi, silitti Tuulea
ja juoksi sitten kotiinsa.

(jatkuu sivulla 154)

Tinja ylitti estekentän esteet kerran ja esitti sitten
vielä kouluratsastusta. Hänestä tuntui, että hän ha-
lusi esiintyä vaikka kuinka kauan, mutta ymmärsi
hän kuitenkin lopulta lopettaa ja kumartaa tuoma-
reille. Sinisarvi taivutti ylväästi vain hivenen pää-
tään.

Hän sai suuret aplodit. Kun aplodit eivät mei-
nanneet loppua, hän kääntyi katsomaan yleisöä ja
huomasi, että paikalla oli vielä enemmän katselijoita
kuin aikaisemmin. Hän hymyili, heilautti kättään ja
sitten olikin jo seuraavan kepparistin vuoro.

"Ponini nimi on Merituuli ja se lentelee mielellään merien yllä. Se osaa myös sukeltaa ja se rakastaa meriä", Tinjaa ehkä hieman vanhempi tyttö esitteli aika isopäistä turkoosinväristä keppariaan, jolla oli vihreistä ja sinisistä langoista tehty harja. Sillä oli myös ohuet lyhyet siivet. Ne olivat toisaalta ohuempina tyylikkäämmät kuin Figaron pulleammat siivet, mutta toisaalta ne lerputtivat enemmän. Merituuli oli Tinjan suosikki muiden keppareista.

Emilia esiintyi viimeisenä.

"Joo. Tämä on äidin tekemä. Hän teki tämän, koska minä pyysin. Isosiskollani on isompi pegasos. Sen nimi on Tuule. Minäkin halusin oman pegasoksen ja tämän nimi on Vilke. Minä keksin nimen itse ja ..." Emilia innostui selittämään niin pitkään, että lopulta juontaja otti mikrofonin pois hänen suunsa edestä.

"Nyt esiintyy siis Emilia Tuulen, ei kun Vilkkeen kanssa", Hede sanoi lopuksi.

Emilia käveli ympäri kenttää. Sitten hän innostui juoksemaan ja hyppi parin esteen yli, jotka oli asetettu alimmalle tasolle. Hän pyörähteli ja hypähteli ilmeisesti kuvitellen siten esittävänsä lentämistä. Mitään taidokasta ravia tai laukkaa hän ei esittänyt, vaikka Tinja arveli hänen kyllä osaavan ainakin vähän. Hän olisi tarvinnut Tinjan ohjaamaan itseään. Ensin Tinjaa hieman harmitti, mutta lopulta siskon lentoyritykset ja innostus nostivat hymyn hänen huulilleen. Lopulta juuri hän taputti pisimpään Emilian esityksen päätyttyä.

Pienen tauon jälkeen edessä oli jännittävä tulosten julistus. Tinja huomasi sormiensa hieman hikoilevan puristaessaan Sinisarven keppiä tiukasti.

"Aloittakaamme neljännestä sijasta. Sen saa Emilia kepparinsa Vilkkeen kanssa. Onneksi olkoon!"

Tinja huudahti riemusta ja Emilia astui palkittavaksi hieman ällistyneenä mutta iloisena.

Kolmanneksi tuli varjohevonen. Sen omistaja oli niin yllättynyt ja iloinen, että Tinjallekin tuli hyvä mieli. Ainakin joku osasi iloita palkintosijastaan, vaikka ei voittanut. Toiseksi tuli Tinjan riemuksi Merituuli. Sitä Tinja oli toivonut voittajaksi, jos ei itse voittaisi. Lopulta oli voittajan julistamisen aika.

"Tänään fantasiakeppihevosluokan voittaja on Tinja kepparinsa Sinisarven kanssa. Onneksi olkoon!"

Siis oikeasti?! Oliko se totta? Tinja astui häkeltyneenä eteenpäin kohti juontajaa. Hän otti vastaan ruusukkeen ja pienen palkintopokaalin, muisti sentään iloisena kiittääkin. Hän oli voittanut! Tänään juuri hän oli voittaja!

Katsoessaan hurraavaa väkijoukkoa hänen huomionsa kiinnittyi ensin äitiin ja sitten Nelliin, joka hymyili ja taputti innoissaan käsiään. Sitten hän katsoi vieressään seisovaa Emiliaa. Ja miten hän juuri nyt niin halusikaan ottaa Tuulenkin jälleen esiin ja ratsastaa sillä ja Sinisarvella Emilian kanssa ja opettaa Emiliaa niin, että tämä muistaisi oikean laukan ja ravin kisoissakin...

Kun Tinja varhain seuraavana aamuna tuli niitylle, hän näki onnellisten pegasosten laiduntavan ja lopulta lentävänkin. Ne olivat nyt vapaat, upeat, uljaat siivekkäät hevoset. Niiden siiveniskut täyttivät taivaan, kun ne lensivät tanssien riemuissaan vapaudestaan. Tinja tiesi, etteivät ne enää milloinkaan erehtyisi yhtä pahasti.